LES BEAUX JOURS

www.editions-jclattes.fr

Émilie Besse

LES BEAUX JOURS

Roman

JC Lattès

Maquette de couverture : Le Petit Atelier

ISBN : 978-2-7096-6836-1

Première édition avril 2021.

À Thomas.
Pour mes enfants.

Prologue

A-t-elle passé un seul jour sans entendre les pleurs tambouriner dans son crâne, repousser les contours de son âme ? Elle les entend depuis toujours et ne le dit à personne. Elle passerait pour une folle. Aliénée, magicienne, sorcière, l'une de ces illuminées visitées par des voix venues d'ailleurs. Elle se tait. Elle ne veut pas qu'on la juge ou qu'on la moque. Elle enferme les pleurs dans la chambre la plus secrète de sa chair. Elle est une baudruche prête à exploser, mais ne dit toujours rien. Elle pense : ce n'est pas grand-chose et le temps s'efface. Elle court vomir les pleurs à la montagne, au jour qui se lève, à la forêt où gronde le tonnerre sans éclair. Dans les cimetières, elle saute de tombe en tombe en piétinant les morts inconnus. Des personnages aux bouches immenses viennent la visiter. Elle les dessine à son réveil. Entre leurs lèvres béantes, elle noircit les pleurs intenses et muets. Ils pénètrent la fibre de son papier. Elle les enferme de nouveau. Les pleurs de sa poitrine à sa feuille. Elle tourne en rond dans sa mémoire, et le répète : elle entend les pleurs depuis toujours, sans pouvoir expliquer ce que ça représente, toujours. Est-ce toujours depuis qu'elle est née ? Ou toujours depuis qu'elle s'en souvient ? Toujours avant même son arrivée au monde, ou bien toujours depuis qu'elle a les mots pour comprendre, depuis que ces mots-là on les lui a donnés pour qu'elle se fraye un chemin entre les ronces, une route qu'elle espérait débarrassée des pleurs, alors qu'elle sait aujourd'hui, après avoir fait le tour de la question, le tour des médecins, des psys, le tour de tous ceux à qui elle s'est autorisée à parler, elle sait que les pleurs résistent à tout, même aux mots, quelle que soit l'énergie qu'on mette à les trouver pour qu'ils soient les plus justes possible, les plus proches de la vérité. Les pleurs se foutent du sens, ils créent leur propre matière qui sans cesse se renouvelle, sans cesse vous échappe, et tout en ignorant ce que signifie toujours, elle le répète en silence, elle entend les pleurs depuis toujours sans pouvoir cerner l'origine de ce toujours.

Toujours, ça veut dire quoi ?

19 novembre 1988

La consigne : écrire la date dans la marge du cahier et se débrouiller pour que les chiffres accolés au mois et à l'année ne dépassent pas le trait rose qui barre la feuille. Voilà l'ordre que Lise exécute en silence, dans une classe persuadée que la réussite scolaire dans son ensemble, les tableaux d'honneur, les mentions aux examens, les admissions en math sup, khâgnes et médecine, toutes les gratifications envisageables dans un cursus normalement suivi de la maternelle aux études supérieures, se jouent sur l'écriture de cette date. Elle ne doit surtout pas déborder de la marge. Elle se concentre pour ne pas trembler. Son pouce et son index forment une pince autour du stylo-plume dont elle guette le trop-plein d'encre avec une inquiétude qui lui fait presque mal au ventre. Si la pointe recrache et que l'encre s'étale, il faudra recommencer. Elle a vu la maîtresse faire. Arracher les pages si l'exercice n'est pas bien réalisé. Elle arrime le majeur à l'index comme elle agripperait une canne pour avancer avec moins de peine. Elle s'applique. Ses phalanges s'allongent et se replient à mesure qu'elle trace les courbes des chiffres puis les resserre. Elle n'insiste pas sur le trait du 1, ni sur l'arrondi du 9. Elle affine le 8, le transforme en une superposition de deux petits ovales allongés. Elle contient autant qu'elle le peut l'amplitude des lettres, quand, arrivée à quelques millimètres du trait rose, il lui reste uniquement un point à inscrire. Elle le dépose en apnée : 19 novembre 1988. La date ne dépasse pas de la marge.

Elle s'appelle Lise Durville, aura 9 ans dans deux mois. Quand un adulte se penche à sa hauteur et prononce cette phrase qu'elle redoute, assorti de ce sourire qu'elle déteste, mielleux, faussement concerné, « Comment tu t'appelles ? », deux sentiments la traversent. Deux vagues presque concomitantes, et pourtant, bien distinctes. D'abord, elle hésite. Elle sait parfaitement, c'est évident, comment elle s'appelle, mais dans sa tête, elle trébuche. Elle a l'impression qu'en articulant son prénom, elle confiera ce qu'elle a de plus cher. La clé de son coffre en bois laqué rose. Une poupée y est rangée à l'intérieur. Sa grand-mère la lui a offerte pour son anniversaire. C'est un poupon en mousse aux yeux fixes, vêtu d'un pyjama vert amande et d'un bonnet liberty. Ses joues sont rehaussées de rose tendre et de fossettes permanentes. Lise l'a baptisée Marie-Noëlle. C'est sa sœur. Lise l'imagine. Lise n'a pas de sœur. Souvent, elle joue seule, sauf le mercredi parce que sa grand-mère vient la garder et qu'elle accepte, contrairement à sa mère, de pénétrer dans son univers d'enfant : dessiner, jouer à la marchande, compter le nombre de tours qu'elle est capable d'enchaîner à la corde à sauter. Le mercredi matin, sa grand-mère arrive tôt. Lise la guette par la fenêtre. Au moment où elle l'aperçoit au coin de la rue, son cœur s'allège. Avec elle, c'est la liberté. Pour une journée au moins, fini les réprimandes de ses parents : interdiction de jouer dans le bac à sable parce que c'est trop sale, rester devant la télé parce que c'est trop bête. Le mercredi, Lise peut flâner en pyjama toute la journée, regarder des dessins animés et même ignorer ses devoirs. « Il faut te reposer, lui ordonne sa grand-mère. Avec tout ce qu'on te demande à l'école ! » Voilà pourquoi Lise l'espère avec tant d'impatience. En hiver, elle porte son long manteau qu'elle appelle une popeline et Lise adore ce mot : « Tu veux que je prenne ta popeline, Nanou ? », lui demande-t-elle à peine un pied posé dans l'appartement. « C'est ça, moque-toi de moi » fait-elle semblant de la sermonner. Lise dépose les affaires sur le lit et sort son trésor du cabas qui accompagne toujours la popeline : un pain d'épice qu'elle tartinera de beurre et saupoudrera de sucre roux. Pendant ce temps, sa grand-mère tricotera dans la cuisine ou lira *Point de Vue Images du Monde* pour les belles robes des princesses qui pètent dans la soie, mais trouvent quand même le moyen de se plaindre ! Lise rit du langage de sa grand-mère.

Elle connaît tout maintenant de la dynastie des Grimaldi et des Bourbons. En revanche, pas un mot sur sa propre histoire. Lise demande : « Il est où ton mari Nanou ? » Elle répond sèchement : « Parti ». Ce qui veut donc dire que sa propre mère n'a pas de père. Mais Lise est encore trop jeune pour reconstituer les arbres généalogiques. Même plus tard, elle n'en saura pas beaucoup plus. Sa mère lui avouera qu'elle a perdu son père à l'âge de 16 ans. Elle bredouillera « des suites d'une longue maladie » avec cette douleur des enfants qui ont manqué d'amour. Fermer le ban. Ce que Lise apprend en revanche malgré elle, c'est que sa grand-mère n'a pas été à l'école, ou du moins, pas longtemps. Lise se souvient de l'épisode du jeu de la dictée, la mise en scène du zéro pointé : « Mais les fautes, ce sont de vraies fautes ? » La femme en face d'elle n'a pas loin de son âge en fébrilité. Lise comprend en une fraction de seconde : « Mais non, Nanou, tout est pour de faux. »

Sans être analphabète, sa grand-mère rencontre de grandes difficultés pour lire et écrire. Elle ne se plaint pas. Elle a fait sa vie, comme elle se vante. « J'ai été responsable d'un immeuble de quatre-vingts locataires. » Sa grand-mère était concierge mais ne prononce jamais ce mot. Elle sourit : « J'ai connu du beau linge (encore une expression que Lise adore) : la sœur de Juliette Gréco, un PDG du CAC 40, le grand écrivain du 3e étage. C'est lui d'ailleurs qui m'a indiqué le magasin où j'ai acheté ta poupée. Cette poupée, c'est quelqu'un, tu sais. » Lise le sait très bien puisque cette poupée, c'est sa sœur. Ensemble, elles explorent le monde, prennent l'avion sur le canapé du salon, partent en camping dans la baignoire. Elles ne le font pas vraiment. Bien sûr, elles ne le font pas, mais elles ne jouent pas non plus. Lise le fantasme. Elle reste allongée sur le lit. Marie-Noëlle cloîtrée dans la boîte. Lise s'interdit de la sortir. Elle ne veut pas prendre le risque de la perdre ou de l'abîmer. Et puis à qui parlerait-elle seule dans la chambre ? Sa grand-mère pourrait comprendre le jeu de la sœur imaginaire. Parce qu'elle dit nom de Dieu, refuse de faire la queue dans les magasins, passe devant tout le monde l'air de rien, fume et roule elle-même ses cigarettes, parce qu'elle ne fait rien comme tout le monde, sa grand-mère pourrait très bien comprendre que Lise a une sœur. Est-ce qu'elle le lui explique pour autant ? Non. Elle préfère garder son secret pour elle, surtout à cause de sa mère. Elle s'agace : « Qu'est-ce que c'est que toutes ces salades ? » Elle s'emporte : « Lise, je ne veux plus jamais entendre parler de cette histoire de sœur ».

Du haut de sa silhouette longiligne, sa mère passe d'un état à l'autre en un éclair. Soit elle observe le monde sans donner l'impression de lui appartenir, soit elle s'énerve pour un rien : un objet mal rangé, un verre d'eau renversé sans faire exprès, un devoir à signer assorti d'une mauvaise note. « Je me moque que les autres n'aient pas eu la moyenne, ce qui compte pour moi, Lise, c'est toi, tu comprends ? » Non, Lise ne comprend pas parce qu'elle le sait, c'est faux. Si l'essentiel pour sa mère était vraiment sa fille, alors elle lui lirait des histoires avant de s'endormir, l'accompagnerait à l'école le matin, la complimenterait quand sa jupe tourne comme un soleil. Elle ne lâcherait pas devant un inconnu, avec ce regard tellement sévère : « Il ne faut surtout pas lui dire qu'elle est belle ». Lise ne saisit pas le second degré de cette phrase. Elle ignore qu'à trop parler aux petites filles de leur beauté, on en fait des pimbêches. Elle comprend seulement qu'être belle est un problème pour sa mère. Alors, pour lui plaire, pour apaiser sa maman qui, jamais douce, jamais tendre, n'est pas sa maman mais sa mère, elle s'abîme. Un jour, bang ! Le premier coup. Une gifle donnée sur sa joue de sa propre main. Puis une autre. Plus forte, plus ferme, plus directe. Ce n'est qu'un début. Après, l'engrenage. Elle trouve du plaisir à entretenir la marque de ses châtiments. Il faut que ce soit rouge, profond et que ça laisse des cicatrices. Elle gâche sa silhouette, abîme sa peau, arrache ses cheveux. Ses parents ne s'inquiètent pas. Lise l'ignore encore, mais ils ne le peuvent plus. Ils sont vides. Vidés. Leur visage est déjà bien trop creusé. Un peu plus et ils se seraient effacés. Déjà qu'avec tous leurs traits vers le bas, leurs yeux éteints et leur allure de zombie, on les fuit, s'il avait fallu qu'ils s'inquiètent davantage, ils auraient seulement eu la peau sur les os et des os sans doute trop fragiles pour avancer encore.

Ses parents forment un couple mal assorti. Physiquement d'abord. Sa mère se dresse, aussi longue et fine que son père se ramasse, lourd et corpulent. Socialement ensuite. Sans être bourgeois, son père n'a jamais manqué de rien. L'inverse de sa mère. Limite déshéritée. Elle appartient à la classe de ceux qui se battent pour envoyer leurs enfants à l'école habillés et chaussés correctement. L'alliance de ses parents a été scellée sur un non-dit doublé d'un quiproquo. Sa mère voulait s'élever sans remercier celui dont elle demandait l'aide, tandis que son mari ne comprenait pas qu'il avait été choisi pour faire la courte échelle à une femme qui répétait à l'envi qu'elle n'avait besoin de rien ni personne. Comment, pourquoi ces deux-là ont-ils fini par se rapprocher ? Lise imagine tous les malentendus possibles, les résignations aussi, et elle, fruit de cette mésalliance. Le soir, enfouie sous la couette, elle s'endort en entendant leur dispute. Ce ne sont pas seulement les murs de l'appartement qui tremblent quand son père élève la voix sur celle de sa mère, c'est toute la famille qui vacille.

Pour s'apaiser, Lise pense à Marie-Noëlle. À la question : « Et tu as des frères et sœurs ? », elle répond du tac au tac : « Non ». Non, c'est non. C'est même pire que non, c'est : Jamais. Lise le sait parce qu'un jour, un homme venu expertiser l'appartement – qu'il était à l'époque question de vendre – avait lancé à ses parents : « Vous voulez vous agrandir, peut-être parce que la famille aussi va s'agrandir ? » Sa mère avait ri. Une première fois. L'homme s'était entêté : « Hein, la p'tite elle a pt'être envie d'un p'tit frère ou une p'tite sœur ? » Et sa mère avait ri, de nouveau, plus fort. Elle s'était contorsionnée jusqu'à l'agent et en même temps que son estomac se retournait et que sa peau verdissait, lui avait collé une tape dans le dos. Un geste qui ne voulait pas dire que sa sortie était tellement juste qu'elle se permettait cette familiarité. Non, c'était l'élan d'un coup qu'elle se serait bien vue lui porter au visage. La visite avait tourné court. Lise en avait la confirmation, plus personne n'habiterait le ventre de sa mère.

Pourtant, Lise a une sœur. Elle lui laisse à manger sous le lit, glisse près d'elle un dessin où elle a tracé sa vie rêvée à ses côtés : s'envoler dans les balançoires du square de l'église, courir après les pigeons, dormir l'une contre l'autre sous la même couverture. Parfois, Lise prête l'un de ses vêtements à Marie-Noëlle. Sa grosse écharpe de laine jaune est introuvable depuis des semaines. Elle l'a déposée en secret près de la boîte restée fermée. Elle a la peur chevillée au corps, qu'un jour, Marie-Noëlle n'y soit plus. Elle se raisonne. C'est impossible. Elle seule connaît l'endroit de sa cachette. Mais c'est plus fort qu'elle. Elle redoute, par elle ne sait quel sortilège, que la boîte ne se vide de son contenu. Alors, quand Lise n'en peut plus, qu'elle a repoussé tant qu'elle le pouvait le moment d'inspecter le sarcophage, pour apaiser ses craintes et ses tristesses, elle tourne la clé. À peine a-t-elle aperçu le petit vêtement vert, l'intérieur du bonnet Liberty, aussitôt, elle referme le tombeau. Une larme chaude roule sur sa joue. Ça lui fait le coup à chaque fois. Elle ne pourrait pas dire que ça la rend triste. Elle dirait même plutôt que ça la soulage. Mais quand même, *pan !* La petite décharge. Le barrage qui cède à l'intérieur de qui ? De quoi ? De son corps tellement fragile qu'on le croirait malade. Lise a les épaules saillantes, les genoux exagérément osseux. Plus elle grandit moins elle forcit. Chaque mois, sa mère l'accompagne chez le médecin qui, avant de l'examiner, la fait monter sur la balance. Là, en culotte sur le plateau en aluminium qui lui renvoie les contours de ce qu'elle est, Lise a le sentiment de ne pas exister, de n'être qu'une enveloppe creuse, un grand plein d'air dans la poitrine, et cette interrogation lui vient : « Je suis moi ? » Elle s'approche au plus près du reflet. Le médecin pense qu'elle cherche à discerner le chiffre exact indiqué sur le cadran. Lise se moque des kilos. Elle veut examiner la peau pâle, les membres maladivement fins. Elle le répète en silence : Est-ce que je suis moi ? Voilà pourquoi elle a du mal à affirmer qu'elle s'appelle Lise Durville. Tout simplement parce qu'elle n'en est pas certaine, pas certaine d'habiter sa vie. Elle se concentre, serre les poings, pince les lèvres. À cet instant surgit la deuxième lame : Lise Durville !

Cette fois, à l'adulte qui insiste pour connaître son prénom : Eh bien ? Tu ne sais plus comment tu t'appelles ? Tu as perdu ta langue ? Lise hurle ce qui la brûle et la consume. Elle le lâche, s'en débarrasse dans un crachat : Lise Durville ! Et sa mère frémit de gêne : « Mais enfin Lise ! C'est normal de répondre comme ça à la dame ? Qu'est-ce qui te prend ? » Oui, c'est normal. Lise hurle pour qu'on lui vienne en aide. Elle espère qu'en criant, quelqu'un comprenne les moindres détails de son parcours, son histoire jusqu'à l'instant T de celle qu'elle croit ne pas être : Lise Durville, ce nom qui la présente, telle qu'elle est, c'est-à-dire, telle qu'elle existe quoi qu'il lui en coûte. Lise Durville.

Elle n'a pas neuf ans donc. De son visage pâle dont ses parents reconnaissent qu'il ressemble encore à celui d'un bébé, elle opine du menton pour ne pas avoir à répondre quand on lui parle. As-tu des amis dans la nouvelle école ? Veux-tu de l'aide pour t'habiller ? C'est la mort du petit chat qui te rend si triste ? La tête oscille de haut en bas, de bas en haut. Les lèvres, immobiles. *Doit participer davantage.* L'appréciation est soulignée deux fois dans le bulletin de notes du premier trimestre, mais Lise l'ignore. Ses parents préfèrent une enfant discrète qui passe des heures à formuler en elle-même des questions auxquelles rien ne répond, et le temps s'écoule ainsi, sans que Lise en ait conscience, incapable de le mesurer, d'expliquer par exemple, en termes d'attente, de durée, de succession des saisons, de glissement des jours, ce que signifie l'expression : dans deux ans. Dans deux ans, elle aura onze ans. Que fera-t-elle de plus ou de moins qu'aujourd'hui ? Qu'aura-t-elle appris ? Quelle règle de grammaire encore inconnue viendra s'ajouter à d'autres qu'elle ne maîtrise pas ? Quelle leçon d'histoire ? Dans son manuel page 12, leçon 1, elle lit qu'il est difficile de dater précisément depuis quand l'homme vit sur la Terre, mais qu'il y a trois millions d'années, en Afrique, un être vivant est apparu, capable de se tenir debout, parler, fabriquer des outils. Il nous ressemblait donc déjà beaucoup. Trois millions d'années. Elle est perdue. Dans sa tête, elle détache trois et millions. Elle pense trois, s'arrête quelques instants, et ajoute millions.

Trois millions d'années. Dans deux ans, Lise saura peut-être ce que représentent trois millions d'années à l'échelle de son temps à elle. En attendant, elle est contente que le 19 novembre 1988 entre dans la marge comme il le faut et se console en se répétant qu'elle sait au moins deux choses avec certitude. La première : le monde se divise en deux catégories, son univers à elle, c'est-à-dire celui des petits, pouvant s'apparenter à celui des êtres à qui l'on ne doit pas tout dire – elle perçoit avec une acuité presque agaçante pour les adultes le moment où les voix s'amenuisent à l'évocation de telles ou telles anecdotes interdites aux plus jeunes –, et l'univers des grands. Les phrases « Tu comprendras plus tard », « Je te le dirai quand tu seras grande » agissent sur elle comme des marqueurs déterminants à l'organisation de son monde. L'autre chose qu'elle sait aussi parfaitement bien : la gauche se situe du côté de la cour, la droite, du couloir. C'est ainsi qu'on le lui apprit à l'école. Sauf qu'évidemment, elle ne passe pas tout son temps assise au troisième rang à côté de Romain Botton, alors, quand sa mère lui demande de tendre le pied droit pour l'aider à mettre sa chaussure ou lui indique de tourner à gauche dans la rue, elle doit se repositionner dans la classe. Où est la cour ? Où est le couloir ? Elle prend quelques secondes pour réfléchir, ça agace sa mère, ça, elle le sait très bien aussi. Comme elle a conscience de ne pas tout savoir, et même pas grand-chose, et que ça l'inquiète, elle devient superstitieuse, elle s'accroche à des croyances pour déterminer l'avenir. Elle a besoin de cinq billes dans sa poche. Aura-t-elle la moyenne au contrôle de maths ? Déjeunera-t-elle seule à la cantine ? Croisera-t-elle en rentrant chez elle le fils de la gardienne, dont le rire lui envoie le cœur au milieu du ventre ? Elle compte les billes pour le savoir. Sa mâchoire se contracte. *Plac, plac, plac*. Les petits éclats dans sa poche. À chaque fracas, son sort se joue. Un, deux, trois, quatre, cinq. C'est son rythme, sa cadence, le métronome de ses journées et elle en tire les conclusions qu'elle peut. Pas toujours les bonnes, d'ailleurs. Lise en a la conviction : des loups se cachent dans son école. Son nom « La Grange aux Loups » n'a pas pu être choisi au hasard. Les billes le lui ont confirmé. La meute est enfermée dans le bureau de la directrice, capable de la lâcher en cas de représailles exceptionnelles. Elle se tient prête à en découdre. Résultat : le ventre noué chaque matin au moment d'attraper son cartable avant de partir à l'école. Son père l'y conduit tous les jours, même si Lise voudrait s'y rendre seule. « C'est impossible », assène sa mère. Elle lui rappelle les trois rues à traverser pour rejoindre l'établissement, la folie des voitures, la fureur des hommes. Sa mère renchérit :

— Il y a des voleurs d'enfants Lise, ça existe, des personnes avec des cœurs si noirs qu'elles veulent du mal aux petites filles. Alors tu permettras qu'on t'accompagne à l'école.

— Des voleurs d'enfants ?

— Bon…

— Mais ils les emmènent où les enfants ?

— Tu ne peux pas aller à l'école toute seule, point.

— Sur une île peut-être ?

— Oui, voilà.

— Mais je ne pourrais jamais aller à l'école toute seule alors ?

— Si, mais plus tard !

— Mais c'est quand plus tard ?

— C'est quand on l'aura décidé.

— Mais pourquoi les autres le peuvent alors ?

— Les autres ! Si demain tous tes copains venaient à l'école avec une plume sur la tête, tu le ferais ?

Le soir dans son lit, Lise imagine une cour de récréation envahie de plumes multicolores. Un carnaval. Ce serait grandiose. Elle pense aussi à l'île lointaine où vivent les enfants volés. Le lendemain, elle en discute avec la mère de sa copine Alice, qui habite deux numéros après elle et la raccompagne le soir à quatre heures et demie devant son immeuble. Où va-t-elle chercher tout ça ? Une île des enfants volés ? Mais ça n'existe pas, voyons ! Alors ses parents lui mentent. Lise en est troublée, pour ne pas dire inquiète. Elle garde à l'esprit qu'il peut toujours se passer quelque chose dans son dos. Sa mère part-elle vraiment à l'étranger pour son travail comme elle le prétend ? Peut-être s'évade-t-elle ailleurs ? Lise serait incapable d'expliquer en quoi consiste exactement son métier, mais elle peut vaguement argumenter qu'elle vend des pièces automobiles à l'étranger. Un boulot d'hommes, comme sa mère le lance fièrement dans un sourire que Lise ne comprend pas. Quant à son père, il dirige des chantiers dans le secteur du bâtiment. Ensemble, ils vivent rue Tiquetonne en plein cœur de Paris, dans un trois-pièces mal agencé où il a toujours été question de faire des travaux, mais son père rigole, les cordonniers sont les plus mal chaussés. Cette expression non plus, Lise ne la comprend pas.

Le 19 novembre 1988, sa journée a-t-elle été meilleure ou pire que les autres ? Elle le sait quand la cloche de l'école retentit et attrape son cartable suspendu au crochet du pupitre, défait les attaches en plastique en pressant le système de toutes ses forces – il ne s'est toujours pas assoupli depuis que ses parents le lui ont offert flambant neuf en septembre. Elle a mal aux doigts. Elle s'est tant appliquée à écrire la date, elle ressent encore des crampes dans la main. Elle sait donc, quand sa journée d'école s'achève et que les enfants se rassemblent en grappes bruyantes dans le couloir, elle sait si le 19 novembre 1988 a été bon ou mauvais, mais dans quelques minutes, elle l'oubliera. Elle ne pourra plus rien contenir, seulement ce qu'elle s'apprête à vivre, et surtout, à entendre. La meute des pleurs à l'assaut de son visage de pompon, de ses joues paradoxalement si rondes pour son corps si grêle qu'il lui arrive d'entendre sa mère murmurer, dans une rare tendresse, « Tout est rond chez ma Lise », et elle se cabre. Non, tout n'est pas rond chez elle. Ça ne tourne pas comme il le faudrait dans sa tête. Elle se souvient de choses tellement insignifiantes qu'elle ignore pourquoi elle les retient. La couleur rouge d'un manteau d'enfant rangé dans le placard de sa mère. Lise ne l'a jamais porté. À qui est le vêtement ? Est-ce qu'elle a peur de le savoir ? Est-ce qu'au fond d'elle elle sait ? La couleur est gravée dans son cerveau à côté de la détresse dans les yeux de sa mère le jour où une femme lui avait lancé : « Vous avez eu bien raison de n'avoir qu'un seul enfant ! Deux, mon Dieu, quel boulot ! » Ce regard, amorti, terrible, elle ne l'oubliera pas, comme la phrase du médecin : « Lise va bien, madame, mais un jour, il faudra le lui dire. » Sa mère se bidouille des excuses. Frontale et digne. Muette. Elle attend que la nuit efface le jour, puis qu'une autre nuit aspire un autre jour. Ainsi de suite. Souvent, sa mère repense à la prophétie du médecin, *Un jour, il faudra le lui dire*, et ça lui fait l'effet d'une purge dans le ventre.

Le 19 novembre 1988, Lise a passé son après-midi dans le bureau de la directrice. Dispensée de cours de natation. « C'est tout à fait normal », avait reconnu la maîtresse au début de l'année. Elle guette le retour des vivats de ses camarades, cheveux mouillés, yeux rougis. Elle est impatiente de renifler le chlore émanant de leur peau, et surtout, de retrouver Marie-Noëlle sous son lit.

Elle n'a pas les clefs de chez elle, doit passer les prendre chez la gardienne, ne pas courir, autrement le gros chien du rez-de-chaussée la poursuivra. Dehors, le bitume fume sous les roues d'une voiture, embrume son cerveau et lui fait oublier l'animal. Elle monte les quatre étages à pied, les marches deux à deux. Il lui reste encore quelques mètres à gravir avant d'arriver à son étage quand elle réalise que quelque chose ne va pas et que ce quelque chose est sans doute grave. De là où elle se tient, c'est-à-dire pas tout à fait devant la porte, mais à une distance qui lui permet tout de même de l'apercevoir, elle distingue la patère de l'entrée de son appartement et le mur orange auquel elle est accrochée. Elle le devine dans l'entrebâillement de la porte anormalement ouverte. Le trousseau de clés de sa mère est encore enfoncé dans la serrure. Une figurine miniature pend à un élastique dans des mouvements réguliers. Elle n'a pas le temps de comprendre que la porte vient d'être ouverte si l'élastique bouge toujours, et que son arrivée suit d'à peine quelques minutes la personne – sans doute sa mère – qui se trouve déjà à l'intérieur. Elle ne sait pas si elle doit accélérer pour comprendre ou faire demi-tour pour se protéger. Son corps décide pour elle. Elle ne choisit pas d'être témoin de la scène qui va suivre – elle se le répétera après s'en être inlassablement voulu de ne pas avoir fait volte-face. Ce n'est pas elle, donc, qui prend la décision de continuer d'avancer, sa main pousse et écarte la porte. La suite, elle est au bord de la saisir. Le sac de sa mère jeté au sol, son manteau replié sur la moquette. Lise éprouve le sentiment d'être la cible d'une balle dont la course s'achève en son cœur. Sa poitrine se troue. Au fond du couloir, des cris de bête traversent les murs. Sa mère, qui n'est jamais là si tôt, s'arrache la gorge. Est-elle seule ? Lise comprend vite que oui, personne ne répond à sa haine. Sa mère beugle sans adversaire. Elle fait jaillir de son corps des mots étouffés par sa rage. Lise n'en comprend pas le sens, ne voit rien. Elle imagine. Sa mère en boule au pied du lit, ses ongles plantés dans son crâne en bataille. Elle sent sa mère capable d'une violence inouïe. Ses poings frappent les murs, des tableaux qui y étaient accrochés se brisent au sol. Ce qui se passe dans sa tête, à cet instant, Lise elle-même l'ignore. Son regard se brouille, ses pensées trop nombreuses reculent. Elle perçoit le souffle en pointillé de sa mère et, à intervalle irrégulier, des pleurs de folle. Des sanglots travaillés de contractions qui forment une vague à l'intérieur d'un corps. Ces pleurs-là crachent des flammes. Est-ce sa faute si sa mère se tord à ce point de douleur ? Lise n'a aucune raison de le penser. Elle chante *Colchiques dans les prés*, rentre chaque soir à la maison sans traîner, fait ses devoirs avec, à côté d'elle, la pile de bandes dessinées ramenée de la bibliothèque. Elle n'allume pas la télévision. Le dos bien droit sur la chaise, elle est celle qui n'inquiète pas, mais un jour elle a insulté sa mère. Il y avait cette robe à smocks qu'elle ne voulait pas porter. Elle s'était défoulée dans le fond de l'oreiller : Sorcière, idiote, vipère. Voilà peut-être pourquoi elle pense : Tout ça est ma faute, les pleurs, à cause de moi. Elle doit partir, redescendre les escaliers, demander de l'aide à la gardienne, à son fils. Avec ses airs de dur, il pourrait l'aider. Lise est incapable d'agir. Les pleurs se propagent sur le palier. Si quelqu'un les entend, elle songe à la honte de sa mère, au déshonneur de sa famille. On en parlera dans l'immeuble. Elle s'enferme, se prend au piège. Son dos glisse le long de la porte claquée derrière elle, ou plutôt poussée dans un bruit étouffé comme si elle était une voleuse dans sa propre maison. Les pleurs la pénètrent. Ils construisent leur nid.

Les branches une à une. Grandes et flexibles pour la structure, plus petites pour les rebords. Ils nouent les tiges, plient les brindilles. Les pleurs s'installent, et au bout du couloir, ça n'a de cesse. C'est même de pire en pire, quand un cri plus haut que les autres se hisse au-dessus du chaos. Sa mère vient de pousser un hurlement lourd de malheur. Une tonne de larmes dans un éclat qui en fait trembler tout l'appartement. Jamais elle n'aurait imaginé sa mère capable de vomir un tel son, une aigreur atroce noyant la couleur de sa peau. Elle la voit devant elle. Dans une scénographie parfaite, un rond de lumière que le soleil dépose au sol, sa mère paraît. C'est elle et ce n'est pas elle. La femme qui lui fait face est le fruit d'un chagrin ignoré. Ses pommettes et ses lèvres sont écarlates, prêtes à exploser, ses yeux indéchiffrables sous d'épais bourrelets. Elle laisse ses yeux errer sur cette femme cherchant le moyen de retrouver l'autre visage, celui qu'elle aime, le remettre en ordre, lisser la peau, estomper les veinules au contour des lèvres, décongestionner les paupières, apaiser le front, détendre la bouche. Sa mère laisse peser le silence entre elles, c'est le pire. Pire que les mains qui tremblent, le bruit blanc de son cœur. Dans un mouvement de larve, sans un souffle, le regard lourd de reproches sur sa fille de se tenir là, témoin, complice, coupable, sa mère s'enferme dans la cuisine pour préparer le repas. Elle est devenue folle, c'est ce que Lise pense quand elle l'entend allumer la radio, mettre la table comme si de rien n'était.

Il faudra se débrouiller avec ça. Lise regarde devant, derrière, seulement du noir. Quand va-t-on la débarrasser du spectre dans la cuisine ? Pourquoi les pleurs ? Elles n'en parleront pas. Ce jour partira quelque part, si loin. Plus tard, Lise se demandera : est-ce vraiment arrivé ?

Trente ans après

Pendant plusieurs semaines, elle s'était convaincue que ce n'était pas la mer à boire. Deux jours. Il fallait tenir deux jours, et elle n'allait pas au bagne. Partir en week-end à la campagne avec des amis, il y avait pire. Lise en avait parfaitement conscience, parce que le pire c'était son métier. Écouter les malheurs des autres, les grands cataclysmes, les vies qui dérapent sans possibilité de faire table rase ou d'oublier. Le pire, Lise l'entendait chaque jour dans le petit bureau de son association d'aide aux victimes d'addiction. Le pire, c'était par exemple cette femme qui, après avoir brutalement perdu son mari à l'âge de 35 ans s'était enfoncée dans l'alcool, ou cet homme dont l'entourage avait dû installer un code pour accéder à l'ordinateur, car il ne pouvait pas s'empêcher de jouer chaque mois le double, voire le triple de son salaire sur des applications de poker en ligne. Le pire, c'était encore cet adolescent dont la mère avait découvert sous le lit une pharmacie d'opioïdes : morphine, oxycodone, codéine, tramadol. Le pire, c'était de voir des gens s'effondrer devant elle, enfouir le visage dans leurs mains, prononcer des phrases à sens unique : Je ne sais plus quoi faire. Rien vu venir. Elle me ment. Je ne la crois plus.

Alors, à côté de ça, partir en week-end à la campagne avec des amis… Une enfant gâtée. Voilà ce qu'elle était. À se plaindre avec une cuillère en argent dans la bouche.

Un sursaut échappé d'un rêve la tire de son sommeil. Paupières gonflées, bouche sèche, pendant une fraction de seconde, Lise ne reconnaît pas le lit dans lequel elle se réveille. Sa tête pèse sur l'oreiller, ses yeux circulent dans la chambre, de la fenêtre habillée d'un épais rideau de velours pourpre vers l'armoire, de l'embrasure de la salle de bains à la chaise près de son chevet. Elle ne se rappelle pas y avoir déposé ses vêtements en boule, son soutien-gorge étendu au-dessus de la pile comme un animal blessé et, un peu plus loin, ses gros pulls de laine. Son mari les déteste, elle l'entend lui faire la réflexion « Le style de ma Lise », yeux en l'air, sourire de travers mais visage lisse. Elle ne sait pas lui en vouloir. Elle surveille son regard, le mouvement de ses paupières où se loge la patience. Moins on en a et plus elles ploient. Il finit toujours par la capturer, bien fixe au fond des yeux. Ça la rassure. Mais il a beau dire ou se taire, en novembre, elle ne peut pas s'habiller de robes légères.

Jetées en vrac près du lit, elle aperçoit maintenant les chaussures de sa fille. Les souliers miniatures près des baskets usées de son mari, la terre séchée encore accrochée à leurs semelles. Elle se souvient du départ de Paris la veille.

19 novembre 2018

— Justine, où vas-tu encore ? On est en retard, papa nous attend en bas.

— À l'école !

— Comment ça à l'école ?

— Mais pour rire !

— Viens mettre ton manteau, dépêche-toi !

Le téléphone continuait de sonner dans son sac. Lise avait passé deux jours à préparer ses affaires et celle de Justine, il lui semblait qu'elle oubliait quelque chose. Elle finissait toujours par oublier quelque chose. Il fallait faire vite maintenant. Elle attrapait sa fille par le bras avec ce début d'agacement qu'elle redoutait. Elle ne voulait pas être ce genre de mère, submergée par ses sentiments, incapable de faire la part des choses. Elle reprenait son souffle.

— S'il te plaît chérie, sois gentille d'accord ?

— Tu veux jouer à loup glacé ?

Si seulement Justine savait à quel point elle aurait préféré jouer à loup glacé. Elle avait l'impression qu'un énorme bloc de glace était en train de se détacher d'elle pour la tirer vers le passé. Des années en arrière. Était-ce le manteau qu'elle avait enfilé à Justine par-dessus le pyjama, la course dans les escaliers, la poussette d'une main, le sac de l'autre et sa fille qui titube sur les marches ? Chaque détail, chaque geste lui rappelaient son enfance, quand ses parents et elle s'échappaient, exactement comme elle était en train de le faire, chez des amis à la campagne le vendredi soir. Installée dans la voiture, Lise revivait les mêmes sensations, la même atmosphère. Les embouteillages sur le périphérique, cet exode lent. Le même rythme chaotique d'accélération et de ralenti, la buée aux fenêtres et l'auto-radio qui crache ses informations que personne n'écoute. En silence, elle se remémorait le trajet qu'elle avait tant de fois vécu par le passé, vers une maison où, à peine arrivée, Jacques, l'ami de son père, la prenait dans ses bras et la conduisait à l'étage : « Tu vas voir, les garçons ont reçu un train électrique pour Noël, je parie que tu n'en as jamais vu un aussi grand. » Mais Lise n'avait pas envie de jouer, pas envie de dormir dans la même chambre que les fils de l'ami en question, entendre leur dispute pour un jouet, leurs confidences dans le noir. Leur complicité la gênait terriblement. Elle lui rappelait celle qu'elle ne connaissait pas, et Marie-Noëlle était restée dans la boîte. Elle se sentait exclue. Elle était la fille, eux, les garçons et cette différence suffisait à les séparer. Mais elle se forçait, refusant d'être l'enfant solitaire qui traîne dans les jambes des adultes. De mauvaise grâce, elle suivait les bêtises, et s'était retrouvée un matin enfermée à double tour dans la salle de bains sans parvenir à se libérer. « Lise, tu vois le bouton que tu as tourné pour verrouiller la porte ? Eh bien, tu le tournes dans l'autre sens. Tu le vois le bouton ? Lise ? Réponds à maman s'il te plaît ! » Clic clac clac. Le mécanisme tournait dans le vide. Son père s'inquiétait, il avait laissé la fenêtre ouverte après sa douche. La salle de bains était au premier étage. Sa mère en perdait son sang-froid. C'était la panique dans la maison. L'idée d'appeler les pompiers avait un temps été évoquée avant que son père ne défonce la porte d'un coup d'épaule dont lui-même s'était étonné de l'ampleur. Sa mère l'avait serrée contre elle avec une telle force qu'elle en avait ressenti des douleurs dans le cou pendant de longues minutes, des heures peut-être. Le temps se dilatait dans cette atmosphère. Le matin, ses parents se levaient si tard. Lise prenait son petit déjeuner sans les attendre. Jacques lui servait des céréales. Elle regardait les flocons d'avoine ramollir dans le lait froid. Elle aurait préféré une tartine de miel, un chocolat chaud qui lui collait des moustaches au-dessus de la lèvre et ça faisait rire sa mère. Ça n'arrivait pas si souvent. Elle aurait englouti des chocolats à l'infini pour continuer d'entendre ce rire. Au lieu de ça, elle dessinait une marelle sur le petit chemin de terre devant la maison. « Regarde, Jacques, comme je suis capable de monter au Ciel. Papa et maman ne vont pas en revenir. » Jacques fondait sur elle, effaçait la marelle, ses parents ne verraient rien du tout. Voulait-elle jouer avec le nouveau cerf-volant comme il le lui avait promis ? La suite était immuable : des balades dans la forêt, des déjeuners autour de la grande table qui faisait fête, comme Lise le pensait quand elle voyait arriver des plats à n'en plus finir. Des moments gais malgré tout. Mais Lise observait les signes. Les messes basses de ses parents, leurs longs soupirs, leurs yeux posés sur la vie ouvraient en elle des questions sans réponse.

Tout ça est fini maintenant. Lise n'a plus 6 ans. Ce n'est plus elle assise dans le siège-auto. Sa vie est ailleurs. Elle est la mère de Justine, la femme de Stéphane. Bientôt, elle aura 40 ans. À ceux qui lui demandent son âge, elle dit quarante. Quarante à la louche, pour faire simple, quarante et qu'est-ce que ça change après tout si ce n'est pas tout à fait quarante, elle les aura bien un jour ses quarante. Elle joue les fiers-à-bras. « J'ai quarante ans ». Elle l'assène avec l'aplomb de celle qui dépose un carré d'as au poker, sauf qu'elle ne se fait pas un rond avec sa fausse audace des quarante. N'empêche, dans un an, elle y passera et ses parents ne seront plus là pour la féliciter. Son père est parti d'un cancer quand elle avait 20 ans. Sa mère d'une crise cardiaque cinq ans plus tard.

Lise n'a pas pleuré à leur enterrement. Longtemps, elle s'est demandé pourquoi. Pas de sanglots à ravaler, pas de cran incroyable à s'inventer solide. Non. Simplement, pas de larmes. Au funérarium, penchée sur sa mère habillée des vêtements qu'elle lui avait choisis – chemisier de soie bleue, gilet gris –, elle se désolait de ne pas la trouver jolie. Le chandail boutonné jusqu'au cou ne permettait pas d'entrevoir le corsage lumineux. C'était triste, ce n'était pas ce qu'elle avait imaginé, mais elle ne pleurait pas. Sur le parvis de l'église, une cinquantaine de personnes rassemblées. Elle n'avait pas prévenu autant de monde, le bouche-à-oreille avait fait son œuvre. Elle avait été surprise, touchée. Mais toujours pas de larmes. Le cercueil que l'on referme, le visage de sa mère qui disparaît : rien. Le discours sans âme d'un bénévole de la paroisse, l'*Ave Maria* de Gounod chanté faux par la chorale : toujours rien. Les gens éplorés autour d'elle, la famille, les amis, les fleurs. Rien. Enfin, pas rien. Du chagrin, bien sûr, mais pas de larmes. Une chape de plomb entre elle et sa douleur. Elle s'en inquiétait auprès d'un psy, lui demandant si elle était cruelle, si elle n'avait donc aucune part d'humanité. Le médecin la rassurait, c'était un phénomène classique sous le choc d'un évènement brutal. Elle devait se laisser du temps. Mais elle s'interrogeait quand même. Il y avait eu la mort de son père quelques années auparavant, et contrairement à celle de sa mère surgie sans crier gare, elle avait pu s'y préparer. Une opération, puis une chimio sans résultat qui avait duré des mois avant qu'une radiothérapie n'épuise ses dernières forces. Mais là encore, pas le moindre pleur. Le médecin l'apaisait : chacun sa façon de réagir, il n'y a pas de manière présentable aux yeux des autres pour exprimer son chagrin. Elle en ressentait n'est-ce pas ? Oui. Il poursuivait :

Alors, ce n'est pas parce qu'il est moins visible ou moins bruyant qu'il n'est pas au moins tout aussi profond. Il l'interrogeait : Qui pleurait dans votre famille ? Lise pensait immédiatement aux larmes de sa mère au retour de l'école, il y a si longtemps. C'était le moment idéal pour comprendre, chercher enfin une explication. Il y avait forcément une explication. Les mots ne venaient pas. Ils étaient bloqués quelque part entre son cœur et ses lèvres. Elle essayait encore, elle essayait toujours. Les mots n'existaient pas pour parler de cet épisode. Elle n'y parvenait pas. Qui pleurait dans sa famille ? répétait le médecin. Lise évoquait son père. Il fallait le voir, ce colosse aux pieds d'argile, s'effondrer devant elle. Et sa mère, comment réagissait-elle ? Sa mère l'ignorait. Son père s'écroulait uniquement quand elle partait à l'étranger pour son travail. Il gémissait devant sa fille : « On est seuls au monde, qu'est-ce qu'on a fait pour mériter ça ? » Et Lise, que ressentait-elle à cette époque ? interrogeait encore le psy. Elle avait peur, peur de se retrouver seule avec son père, peur que sa mélancolie ne les emporte pour de bon. Elle avait peur de tout, tout le temps. Dire bonjour, demander pardon, croiser les voisins sur le palier, prendre l'ascenseur, monter sur un manège, dormir chez ses grands-parents, peur, allez savoir pourquoi, des hommes à moustaches. Elle n'était plus que peur. Que ressentait-elle avec le recul ? Est-ce qu'elle le savait maintenant ? De la colère ! Est-ce qu'elle voulait pleurer pour le dire ? Non. Aujourd'hui encore, Lise ne pleure toujours pas. Parfois, bien sûr, les larmes lui montent aux yeux. À la naissance de Justine, elle a bien cru que le barrage allait céder. La petite pleurait pour deux. C'était normal, se rassurait-elle. Un bébé qui pleure, quoi de plus banal ? Une sage-femme avait fini par lui conseiller d'augmenter la dose des biberons. « Un nourrisson prend évidemment plus de lait à J3 qu'à J1, madame. » Elle avait trouvé ça absurde cette façon de nommer les choses. J1, J2, J3. Totalement déshumanisée alors qu'il était question de son enfant. Lise aurait voulu lui faire la réflexion, mais devant la sage-femme qui s'agaçait qu'elle ne sache pas combien de millilitres il fallait donner au bébé, elle s'était sentie comme une petite fille que l'on dispute et elle avait presque failli pleurer. Au lieu de ça, elle s'était réfugiée derrière son mur qui la séparait du reste du monde. Son univers sans larmes, et elle s'y sentait bien. Elle le rejoignait dès qu'elle en ressentait le besoin. Comme ce jour où elle s'était résolue à accompagner sa grand-mère chez le médecin. Lise s'occupait d'elle depuis le décès de sa mère quelques années auparavant. Elle avait remarqué depuis quelque temps qu'il lui arrivait de poser cinq fois la même question au téléphone à quelques minutes d'intervalle. « Tu as vu, l'heure d'hiver c'est triste hein… 17 heures et le ciel est déjà si sombre, vraiment je n'aime pas… Mais quelle heure est-il ? C'est le soir ? Pourquoi fait-il nuit ? » Sa grand-mère avait été soumise à une batterie de tests et d'examens. Il n'y avait pas de diagnostic formel pour la maladie d'Alzheimer, mais sans doute développait-elle les premiers symptômes de cette pathologie. L'enjeu maintenant était de circonscrire l'incendie. Il fallait entraîner son cerveau, le solliciter, le mettre à l'épreuve pour ne pas qu'il s'endorme. Sa grand-mère vieillissait. Lise s'en rendait compte pour la première fois. Son maquillage fondait dans les plis de ses lèvres et de petits paquets rose pourpre étaient pris au piège de sa peau flétrie. Ils agissaient sur elle comme le signal qu'un jour, sa grand-mère allait mourir. Elles seraient séparées. Lise n'y avait jamais songé avant cet instant où sa face de clown triste lui avait sauté au visage pour s'attaquer à ses défenses. Elle n'aurait alors plus ni parents ni grands-parents. Au moment d'en prendre conscience, Lise avait vraiment failli pleurer. Elle s'y était presque laissée aller. Presque seulement.

Pour autant, Lise ne manquait pas d'humanité comme elle l'avait pensé devant le psy. Elle en avait acquis la certitude le jour où elle s'était rendu compte de son empathie à voir les autres pleurer en public. Comme cette fille un matin dans le bus qui avait le visage noyé de larmes. Elle n'arrêtait pas de renifler, d'essuyer ses joues, de répéter « Je comprends. Je comprends », alors que visiblement elle ne comprenait pas grand-chose, à part qu'elle était triste et ravalait sa salive avec de plus en plus de difficulté. Lise aurait voulu la rassurer, lui lancer cette phrase qu'elle-même déteste entendre quand elle ne se sent pas bien « Ça va aller ». Qu'en savent les gens après tout ? Ont-ils une boule de cristal où ils voient apparaître que ça va aller ? Et sinon quoi ? La terre va-t-elle se fendre sous nos pieds pour nous engloutir ? Bien sûr, ça va aller ! Même à une personne dans la pire des détresses il est facile de lancer « Ça va aller ». Ça ne mange pas de pain, ça rassure celui qui le professe, il peut se convaincre qu'il ne nous a pas laissés comme un rien sur le côté. Ça va aller. Où sont les preuves ? Où est-ce écrit qu'en dépit d'une solitude que l'on sent dévorante, ça va aller ? Lise s'était tue dans le bus. Surtout ne pas prononcer « Ça va aller ». Seulement le penser très fort, comme devant la copine de sa fille qui un matin enfonçait de grands coups de pieds dans le mur du préau en hurlant MAMAN. Elle imaginait la prendre dans ses bras. Elle ne l'avait pas fait parce que ce n'était pas son rôle, mais elle aurait tant voulu l'enlacer. Comme ce garçon au restaurant qui s'y était repris à trois fois pour calculer l'addition avant de rougir de honte. Hop ! Dans les bras. Le vieux monsieur dans le magasin avec sa canne, qui n'arrive pas à monter l'escalier, dans les bras lui aussi. Si elle n'avait de cœur pour rien ni personne, Lise le sait, elle ne serait pas traversée par toutes ces émotions. Elle n'aurait pas choisi ce métier : responsable d'une association loi 1901 d'aide aux victimes aux comportements à risques.

Lise avait monté ce projet il y a cinq ans, après s'être débattue pendant des mois dans une paperasse incroyable qui lui demandait des définitions de Statut, Dénomination et Siège dont elle n'avait pas la moindre idée. Mais enfin, elle y était parvenue. Stéphane l'avait aidée. Il s'était porté garant pour la location d'un deux-pièces au rez-de-chaussée d'un immeuble du 10e arrondissement, à cinq minutes à pied du métro Château d'Eau. Sur la ligne 4, elle n'avait aucun changement à faire depuis la maison. Elle trouvait ça formidable. À cette époque Lise s'extasiait d'un rien. Le bac à compost installé dans la cour par la gardienne l'avait enthousiasmée pendant des jours. Elle rentrait chez elle heureuse, avec toujours une anecdote à raconter à

Stéphane. Son nouveau travail les rapprochait ; non qu'ils s'éloignaient avant cela, mais jusqu'à présent Lise se contentait de boulots alimentaires où elle ne s'épanouissait pas. Cette fois, elle avait l'impression d'être à sa place, là où elle devait être. Les premiers temps, elle avait appelé Stéphane : mon petit garant. « Comment va mon petit garant, ce matin ? Mon petit garant a-t-il bien dormi ? » Ils riaient. Elle lui expliquait la manière dont elle voulait aménager le local, racontait le soleil qui perçait une heure ou deux directement sur son bureau le matin et ça la rendait gaie. Elle disposait des plantes un peu partout. Elles ne tenaient que quelques semaines, car une heure ou deux de soleil par-ci par-là, ça n'a jamais suffi à faire pousser des miracles. Mais Lise y tient. Elle dit : « Ça met de la vie. Et de la vie, ici, on en a besoin. »

Lise est drôle. C'est en tout cas ce que pensent ses collègues. Ils rient de bon cœur quand elle imite au déjeuner ceux qu'elle a croisés pendant le week-end, tel médecin avec qui ils sont en contact ou la gardienne de l'immeuble qui passe son temps à les plaindre d'entendre autant de misère toute la journée. Lise répond toujours : « Ne vous inquiétez pas pour nous, et vous ? Comment ça va ? Ah bon ? Des poubelles dans la cour ? » Non, elle n'a rien remarqué. Le voisin du 5e avec sa musique ? Non plus, rien entendu. Lise est patiente. Elle ne fait pas seulement semblant de s'intéresser quand on lui parle. Elle s'intéresse vraiment, même si parfois elle doit puiser au plus profond d'elle pour comprendre. La pétition des copropriétaires contre l'association parce qu'elle draine dans l'immeuble un ramassis de minables, ça, elle a dû s'y reprendre à deux fois pour ne pas s'énerver. Mais là encore, elle a pardonné. Elle a pensé : Chacun son point de vue. Oui, elle aussi, si elle avait un bébé, les drogués dans l'embrasure de la porte en sortant de chez elle, sans doute n'aimerait-elle pas. Lise trouve des solutions. Elle crée des équilibres, veille à ne surtout froisser personne, elle répond : « Je prends bonne note de vos inquiétudes et tâcherai désormais d'espacer les rendez-vous. »

Pour ce week-end aussi elle avait fait des compromis. D'habitude, elle réussissait toujours à se dérober à ce genre d'évènement. Cette fois, sans qu'elle puisse exactement expliquer pourquoi, ses arguments de liberté et d'espace à soi n'avaient pas tenu. Stéphane avait insisté, multiplié les raisons : les 40 ans d'un ami, des gens qu'elle connaîtrait, Justine pourrait venir. Lise était restée distante, avait baragouiné des prétextes pour s'y soustraire. Stéphane s'était mis en colère. C'était important pour lui qu'elle vienne. Elle avait une famille. Pouvait-elle s'en souvenir ? C'était bien beau de toujours vouloir aider la terre entière, mais lui alors ? Et Justine ? Stéphane s'était levé du canapé, avait fait les cent pas dans le salon, ses chaussures tapant très fort sur le parquet. Lise ne l'avait jamais vu dans cet état, les yeux noirs, le sourire enfermé. Tout ça pour un banal refus à une invitation ? Ce n'était pourtant pas la première fois qu'elle se dérobait. Accepter des dîners, des anniversaires, sortir le soir, s'arracher de son cocon, plutôt que de se blottir contre lui sur le canapé à regarder un vieux film après toute une journée passée à écouter, consoler, soutenir, rassurer, lui paraissait insurmontable. Il n'en avait jamais fait toute une histoire. Qu'y avait-il de différent cette fois-ci ? Stéphane avait-il perdu patience ? Était-ce la fois de trop ? Elle se souvenait d'une fois où il lui avait proposé de partir en vacances après l'avoir vue s'écrouler devant son téléphone parce que la mère d'un adolescent qu'elle suivait depuis des mois venait de se pendre au lustre du salon. À l'époque, Stéphane lui avait presque ordonné de lever le pied. Au moment où on avait le plus besoin d'elle ? Hors de question. Justine et lui étaient finalement partis seuls. Stéphane en avait-il gardé une certaine forme de rancœur ? Risquait-elle un jour de le perdre pour ça ? Elle se l'était promis : pendant ce week-end, Stéphane n'aurait rien à lui reprocher, ni fatigue ni pensées éparpillées. Elle serait toute à eux. Elle lui avait même fait croire qu'elle était prête à éteindre son téléphone si cela pouvait le rassurer. Pendant deux jours, elle ne serait plus Liiiise, comme l'alpague souvent sa collègue en traînant longtemps sur le i, avec cette mélodie l'air de dire : s'il te plaît, je sais que je te demande des services vingt fois par jour, mais Liiiiiiiiise, je t'en supplie, accepte, je sens que X est à bout, il faut lui trouver une solution, tu peux le recevoir, une dernière fois, promis !

Lise serait donc Lise. Pas Liiiiiiiiise. Ni Lise de 6 ans blottie dans son siège-auto. Simplement Lise qui chante avec sa fille dans la voiture direction où déjà ? Elle ne savait même pas où elle allait. Stéphane avait dit « la campagne » et elle l'avait entendu comme un pays étranger. Un concept. Elle ferait cet aller-retour, rapide, avant de regagner son quotidien comme si de rien n'était. Elle enfouirait ce week-end ensuite dans sa mémoire. La campagne, classée comme l'un de ses dossiers à l'association.

Ce vendredi soir, dans la voiture, Lise formait de grands cercles dans l'air en hurlant que : Marcia elle est maigre, belle en scène, belle comme à la ville. « Encore, encore ! » hurlait Justine. Lise se défoulait, renversait la tête pour oublier la dispute avec Stéphane, joignait les mains comme si elle tenait un micro invisible. Elle s'égosillait : « Oh, Moretto, comme ta bouche est immense, quand tu souris et quand tu ris, je ris aussi. » Lise aime tellement la vie, elle pense très fort qu'en oubliant les souvenirs elle pourra y échapper. Mais il aurait fallu pour ça qu'elle ne lise pas la date sur son téléphone : 19 novembre 2018.

Une bonne fois pour toutes, il faudrait ne plus y penser.

La musique qui les accompagnait depuis Paris venait de s'arrêter au milieu de cette chanson que Lise aimait bien. Stéphane rangeait le 4×4 à côté d'autres véhicules déjà garés, à bonne distance tout de même, il ne fallait pas abîmer la carrosserie. Lise était saisie. Elle relevait la tête, se dressait d'un coup sur son siège, sentait se former dans le bas de sa nuque et sur ses épaules des fourmillements qui descendaient le long de son dos. Dans son esprit, des pensées désordonnées, une armée de cris et de bruit. Ça s'était produit d'une minute à l'autre, quasiment d'une seconde à l'autre, dans ce temps infime où le son s'était évanoui pour laisser place au silence. La suite, elle la connaissait par cœur, son dos allait s'endolorir, chacun de ses membres s'engourdir, non de la position qu'elle gardait depuis des heures, mais d'une attaque qui venait de la prendre par surprise. Les pleurs envahiraient l'espace clos de la voiture, grandiraient à une vitesse fulgurante, se fracasseraient contre les vitres, le toit, le tableau de bord, les tapis sous ses pieds, et, au lieu de défaire sa ceinture, replacer son chemisier sous son pull, remettre de l'ordre dans ses longs cheveux bouclés, délier ses membres contenus pendant le trajet, elle ne pourrait faire un geste. Elle resterait figée, empêchée. Des milliers de points scintillants recouvriraient sa pupille. Elle sombrerait dans un univers dissous. Tout en elle s'arrêterait. Ses pensées cesseraient de se construire l'une après à l'autre. Physiquement, elle se tiendrait là, dans la voiture, mais son esprit, lui, n'y serait plus. Il évoluerait dans une part d'elle détestée. Une part sombre nourrie de fièvres et de vertiges, et où une force – mais quelle force ? –, prendrait le contrôle. Elle s'effacerait pour lui obéir.

Sur la pelouse tannée à force d'être piétinée, mangée ici et là par des mottes de terre qui s'accumulaient jusqu'au perron, un pieu surmonté d'une petite plaque en émail bleu et blanc. Dessus, le nom de la maison :

« Les beaux jours »

Il fallait y croire. Pourtant, l'endroit avait son charme. Les volets verts, la cloche à l'entrée dont la chaîne balancée contre la barrière sonnait une sorte de carillon agréable, et le jardin avec ce qu'il fallait d'arbres et de parterres de fleurs. Mais c'était sans compter novembre, la pluie fine qui mouillait la terre et l'odeur de boue qui l'enveloppait. Alertés par le bruit du moteur de leur voiture, leurs amis les attendaient dehors, alignés les uns à côté des autres, appuyés à la balustrade de fer forgée qui ceignait le premier étage de la maison. Deux couples et un homme apparemment seul, c'est-à-dire sans femme, ce qui constituait, pour cette bande tellement soucieuse des codes de bonne société, une énigme. Stéphane – Steph comme l'appelait ses amis, une horreur ce surnom, dès que quelqu'un lançait « Steph », Lise avait l'impression de payer sa dette, un arriéré d'années où elle ne l'avait pas connu, Steph, ses vingt ans, ses premiers flirts et ses révoltes, Steph l'éloignait d'elle chaque fois qu'elle l'entendait, et Dieu sait si elle l'entendait – Stéphane agitait ses mains en de rapides moulinets, façon de faire comprendre aux autres qu'ils pouvaient rentrer, pas la peine de prendre froid, ils seraient là dans quelques minutes. Ils n'avaient plus qu'à attraper leur sac dans le coffre, traverser les quelques mètres qui les séparaient de la maison. Stéphane définitivement Steph, si indulgent si compréhensif, si Steph, n'était dupe de rien. Il savait au regard direct et entendu de sa femme, à ce regard qu'il connaissait bien, qu'elle était en crise mais qu'elle allait faire face. Elle allait agir comme elle le faisait toujours en pareille circonstance : s'agripper plus fort, replier ses doigts plus fixes, fermer son cœur et sa poitrine, enfouir tout ce qu'elle pourrait en elle. Elle allait s'emmurer dans son corps, prisonnière, sans clef ni serrure, et c'était bien ce qui la rendait dingue, sa geôle restait ouverte, elle pouvait à tout instant en sortir.

Autour d'elle, tout dégoulinait, les branches comme les ailes des oiseaux qui volaient bas. Un filet d'eau mince mais ininterrompu s'écoulait du toit jusqu'au rez-de-chaussée de la façade. À chaque découverte, ses yeux s'agrandissaient, les plis de son front se creusaient un peu plus. Lise gardait pour elle ses impressions sur la maison triste, le jardin immobile. Elle attrapa le pendant le plus long de son écharpe pour s'y pelotonner davantage, comme si avoir chaud au cou et autour des épaules pouvait aussi réchauffer ses pieds glacés. Ses semelles produisaient dans la boue, à chacune de ses enjambées, des bruits désagréables. Des flocs et des splatch. Elle cherchait une rumeur dans l'air, même faible et détournée. La route qu'ils avaient empruntée pour venir était loin. Elle n'entendait que le bruissement de la nature, le vent sifflait dans ses oreilles. Elle allait entrer dans la maison, elle n'avait pas d'autre choix. Elle ne pouvait pas faire demi-tour ni prétendre à quoi que ce soit qui l'aurait retenue à Paris. Elle prit soin de frotter ses chaussures sur le paillasson, deux, trois, quatre fois, puis six, puis dix, autant de fois que cela lui sembla nécessaire, tant ce geste lui donnait l'impression qu'elle pouvait abandonner sur le pas de cette porte et sur ces poils ras ses kilos de pleurs en raclant simplement ses chaussures.

« 19 novembre 2018 ». Stéphane était resté sonné quelques minutes. La vision d'un calendrier à effeuiller aux énormes chiffres rouges punaisé sur le mur dans le petit sas d'entrée, avait claqué en lui comme un fouet. Il s'en voulait de ne pas y avoir prêté attention plus tôt. Il ruminait d'autant plus qu'il se retrouvait à cet instant précis dans la case des hommes à laquelle il ne voulait surtout pas appartenir. Ceux qui oublient ou ne sont pas capables de reconnaître quand ils se sont trompés. Le camp de Stéphane, c'est celui des gens qui essayent d'être irréprochables en tout. Ceux qui promettent, s'engagent. Ceux qui, à intervalles réguliers, quoique espacés, n'en peuvent plus. Ceux qui alors s'en veulent.

« 19 novembre 2018 », il y avait ce vide autour de lui. Leurs amis pourtant tout proches. Bottes en caoutchouc, imperméables en vareuses, fausse négligence du style pour se donner des allures de campagne. Il les aimait même s'il leur trouvait parfois une légère tendance à en faire trop. Stéphane aurait voulu prendre l'un d'eux à part, expliquer la situation. Quelle situation ? Il aurait pu inventer une histoire, n'importe quoi pour justifier le manque d'enthousiasme de Lise et ses questions qui signifiaient qu'elle ne voulait pas rester là et elle espérait que quelqu'un finisse par le comprendre : « Y-a-t-il d'autres chambres à l'étage ? Tout le monde a-t-il déjà déballé ses affaires ? Est-ce que d'autres couples doivent arriver ? » Personne ne lui répondait. On parlait du marché où il faudrait se rendre demain, du chauffage qui avait fait des siennes et pourvu qu'il tienne, du dîner déjà prêt. Ils n'avaient plus qu'à passer à table.

Devant la chambre aux murs sombres, Stéphane se tenait aux côtés de Lise. Au moment d'attraper sa main, elle se déroba sans qu'il puisse affirmer qu'elle l'avait fait exprès. Il pensait que dans quelques heures, ils seraient enfin tous les deux dans le lit. Il pourrait alors lui parler, la masser, la rassurer. Sentir son corps vibrer. Stéphane voulait Lise. C'était animal, presque brutal. Au début de leur relation, il arrivait qu'à peine un pied posé dans le hall de l'immeuble il agrippe sa taille et l'entraîne dans les escaliers. Il en ressentait un décrochement dans la poitrine, une nécessité. Il lui faisait l'amour au bord de la violence, l'interrogeant plusieurs fois pour savoir si elle aimait ça, mais qu'elle le dise alors ! Il la comprimait, la plaquait, la respirait. Il s'imprégnait d'elle, laissant monter en lui son odeur jusqu'à ce qu'elle le pénètre entièrement, irrigue son nez, la moindre cellule de son cerveau, se propage à chaque extrémité de ses membres, à toutes les parcelles de sa chair. Il la comblait, conscient qu'il ne la posséderait peut-être jamais complètement. Mais il avait l'essentiel. Il l'avait elle. Grande, incroyablement fine.

Sa silhouette dépassait les autres dans la rue, et sa démarche, Stéphane était tombé amoureux de sa démarche. Sa façon de chalouper, de poser son pied sur le bitume à pas traînants comme si elle dansait. Lise avait un corps délié, une grâce particulière à se mouvoir. Et puis ses yeux noirs, sa masse de cheveux bruns qui descendaient en boucles molles sur son torse – et elle détestait l'emploi de ce mot pour définir sa poitrine : « Tu vois, tu as encore dit torse, mais je ne suis pas un garçon enfin ! Torse, ça veut bien dire que tu ne me vois pas comme une femme avec mes tout petits seins ! » Et c'était vrai. Lise avait des seins minuscules, mais l'arrondi naissant de ses mamelons sous le fin coton de ses t-shirts et les fesses qu'elle avait rondes et fermes lui offraient une anatomie qui attirait les regards.

Hier soir, Stéphane l'observait.

Ils étaient sept à table. Trois les uns en face des autres, Lise, au bout. Elle présidait. Ça s'était fait comme ça. On lui avait proposé de s'asseoir là. Qui on ? Celui qui avait loué la maison et semblait faire autorité sur son week-end, ou bien celle ou celui qui avait préparé le repas, mis le couvert ? À moins que personne ne lui ait demandé, qu'elle se soit assise à cette place de son propre chef. Stéphane ne se rappelait pas comment Lise s'était retrouvée là, qui le lui avait proposé, ou pourquoi elle avait fait seule ce choix étrange qui la distinguait alors qu'il le savait, elle n'avait aucune envie de se faire remarquer. Elle, tout ce qu'elle voulait, au contraire, c'était qu'on lui fiche la paix, et même qu'on l'oublie. Le coude sur la table, le menton appuyé sur le poing, elle avait un air d'ennui, d'adolescente en crise. Elle buvait. À l'écart des regards et des discussions, son pied droit à plat sur le sol constituait son dernier point d'équilibre dans l'espace qui basculait. Elle tentait de garder son esprit concentré uniquement là-dessus, son pied droit ancré par terre. Étourdie par la musique qui chevauchait les voix et par la fumée des cigarettes que son voisin écrasait l'une après l'autre, elle glissait dans un magma de mots et de rires dont elle percevait l'éclat mais ignorait le sens. Elle enchaînait les verres. Était-ce elle ou la pièce qui se renversait ? Elle se dédoublait, partagée entre la partie consciente d'elle-même, celle qui voulait s'arrêter et protéger son corps déjà bien trop rempli, et la partie avide, celle qui avait besoin d'alcool, celle qui continuait à boire. Elle suppliait qu'on la ravitaille, la main tendue vers la bouteille, les doigts suspendus dans l'air comme une partie étrangère d'elle-même, elle cherchait des prises pour ne pas sombrer. Elle se concentrait sur la nappe qui frôlait ses cuisses. Le passage du tissu sur le voile de son collant lui procurait des frissons du bas du ventre jusqu'au creux de la vulve. Elle ne prononçait aucun mot. Elle n'y arrivait pas. Elle en avait envie pourtant, sachant exactement ce qu'elle avait sur le cœur : Je suis désolée, vraiment, mais je ne vais pas pouvoir rester. Ça n'a rien à voir avec vous ni avec la maison, quoique, franchement, je ne sais pas qui l'a choisie, mais dans mon local à Château d'Eau il y a un peu plus de chaleur que dans cet immense salon sans lumière. Il y a moins de rats aussi vous me direz, mais ça, c'est un détail. Bref, sans rire, ce n'est pas ce que j'essaye de vous dire. Voilà, je suis fatiguée, épuisée, vous comprenez ? Je ne sais pas ce que je pourrais vous apporter pendant ce week-end. Sarah, excuse-moi, je t'avais promis pour la tarte aux pommes et le footing demain matin, mais c'est au-dessus de mes forces. Alors on ne fait pas d'histoires, d'accord ? On se laisse juste un peu tranquilles. Ce serait une belle preuve d'amitié, non ? Ne pas en faire un drame simplement parce qu'avant que ça commence je décide de partir. Stéphane et moi allons très bien, rassurez-vous. Je veux dire, comme tous les couples, il y a des hauts, des bas, mais dans l'ensemble on ne s'en sort pas trop mal je trouve. Donc ça n'a rien à voir avec une quelconque engueulade, c'est juste mon histoire à moi qui est comme ça, et ce week-end qui tombe mal, pile à cette date.

Aucune phrase ne sortait. Dans son naufrage, une seule personne la fixait, Stéphane. Il se tenait là, de l'autre côté de la table mais au plus près d'elle, dans le fond de sa pupille. Il la guettait, une marionnette sans ses fils. Il l'excusait, à cause, ou grâce à l'éducation de sa mère. Pendant des années cette grande bourgeoise mondaine mais chaleureuse avait répété à son fils : « On invente les gens qu'on aime ». Sa mère tentait ainsi d'apaiser son petit garçon que son père tenait pour un incapable. Malingre, les épaules en dedans, la silhouette allumette, Stéphane ramenait souvent des bleus et des coquards de l'école. Souffre-douleur d'une bande de durs, il était coupable, selon son père, de ne pas savoir se défendre. La froideur mêlée à l'exigence de cet homme perpétuellement déçu par son fils, le contraindrait des années plus tard, à deux séances de psy par semaine, la tendresse de sa mère n'ayant rien empêché : « Tu comprendras plus tard mon trésor, les adultes ne sont pas toujours à la hauteur, il suffit de les inventer pour qu'ils le soient. » Ainsi Stéphane avait-il appris à aimer. Voilà pourquoi il ne s'étonnait pas de voir Lise filer dans la cuisine où elle avait pris garde que personne ne la suive. Seule dans la pièce, seule dans son désert de pleurs, elle engloutissait les verres inachevés.

Stéphane la guida en silence jusqu'à la chambre. Amorphe, elle se laissait faire. Il la tenait d'une main, la déshabillait de l'autre. Il regardait ses bras si fins entre ses mains si larges. Il aurait pu le broyer de sa poigne, ce corps nu entre ses doigts qu'il voulait au contraire protéger. Il lui enfila un t-shirt. Il n'imaginait pas qu'elle dorme nue à ses côtés. Cet érotisme entre eux, ce soir-là, il n'en voulait pas. À son tour, il se coucha. Il l'examinait, vulnérable, le visage empli autant de candeur que de violence, la bouche légèrement entrouverte, les poings serrés à hauteur du visage. Elle le bouleversait. Il l'inventait.

C'est le jour filtré par le vasistas de la fenêtre de la salle de bains qui la réveille. 7 h 12. Le cadran digital posé sur la table de nuit lui renvoie une lumière bleutée que Lise fixe sans pouvoir s'en détacher. Stéphane dort encore à ses côtés. Elle entend son souffle, sa respiration régulière. Le même nombre de secondes, exactement, entre chaque inspiration profonde et expiration plus courte qui s'en suit. L'air se faufile par le nez, repasse par la bouche. Trois secondes, pile. Stéphane a une respiration normale. Stéphane est normal. Il a des émotions constantes, ni trop fortes ni trop plates. Dans l'enfance, en dépit d'un père sévère, il a reçu ce qu'il fallait de mots tendres et de caresses. Son socle émotionnel est solide. Stéphane s'énerve rarement. Il crée des soupapes, canalise. Mais il a forcément des limites. Ne l'oublions pas, Stéphane est normal. Il s'est déjà mis en colère : pour la convaincre de venir ce week-end et au moment des vacances l'année dernière lorsque Lise avait décidé de ne pas l'accompagner. Stéphane avait prétendu : « Je comprends ». Il avait affirmé : « Prends soin de toi ». Mais s'il avait menti ? Ou s'il avait dit la vérité sur le moment, mais qu'après coup, il avait trouvé ça trop. Trop tranchant, trop sombre, trop égoïste. Lise est inquiète. La soirée d'hier a été violente. Elle est obsédée par la crainte que Stéphane se réveille et lui crache ce qu'il a sur le cœur : Mais bon sang, Lise, tu réalises ce qui s'est passé ? Tu as perdu la tête ou quoi ? Devant tout le monde, je ne savais plus où me mettre ! Benoît n'arrêtait pas de me regarder, il y avait tellement de questions dans ses yeux ! Je suis sûr qu'il va vouloir qu'on en reparle, et je vais lui dire quoi, moi ? Oh non, ne t'en fais pas, tu sais, Lise est fatiguée par son travail, on ne peut pas imaginer ce qu'elle vit tous les jours, c'est tellement difficile pour elle, mais tout va bien. Tout va bien, tu parles ! Lise, qu'est-ce qui t'a pris ? Boire autant devant mes amis et manquer de tomber de ta chaise à la fin ? C'est pas possible, je ne t'avais jamais vue dans un état pareil. Pourquoi t'as fait ça ? C'est la date ? C'est ça ? Ça explique tout ? Tu peux faire n'importe quoi juste parce que t'as cette excuse ? Faut te ressaisir, Lise, maintenant, on ne va pas pouvoir continuer comme ça. T'imagines si Justine t'avait vue dans cet état-là hier soir ? T'as pensé à ça ? Faut prendre tes responsabilités. Si tu ne le fais pas pour toi, fais-le au moins pour ta fille.

Si elle n'était pas si inquiète, à peine sortie de la chambre, d'être interrogée sur son humeur, sa nuit, la débâcle du dîner la veille, Lise pourrait sans réfléchir quitter la pièce. Elle connaît ses limites. Elle n'est pas une fille de bonne tenue qui peut faire semblant d'oublier l'enfance, le passé, tout. Elle qui a toujours pensé que ce qui l'attend demain, dans deux jours, dix ans, à la Saint-Glinglin sera mieux qu'aujourd'hui. Elle n'y croit plus, et qu'on la laisse tranquille. Elle n'a envie de rien de toute façon, ni de rester dans le lit, ni de se lever. Avec sa mine de déterrée, les gros cernes, les premières rides et les cheveux en l'air. Quelqu'un serait bien capable de lui lancer : « Ça n'a pas l'air d'aller, t'as une drôle de tête ». Comment ça une drôle de tête ? Elle a bu comme un trou hier soir, créé un maximum de honte autour d'elle, un maximum de chagrin, mais enfin, pourquoi ça n'irait pas ? Ça tient à trois fois rien d'aller bien, c'est une question de perception répète-t-elle souvent à ceux qu'elle reçoit. De verre à moitié plein, ou l'inverse. Oui, plutôt l'inverse pour elle, ce matin.

Dans le fond de l'oreiller, Lise enfouit son visage. Elle flotte dans son corps. Elle respire sur sa peau et dans ses cheveux les effluves d'épines brûlées de la cheminée du salon mêlés à la cendre de cigarette. Elle se souvient de celle qu'elle était hier soir : jupe courte, ongles vernis rouge. Elle se souvient de celle heureuse qu'elle aurait rêvé d'être. Elle a tellement honte. Comme l'autre jour au café. À force de faire de grands gestes pour mimer une histoire, elle avait renversé son jus de tomate sur le pantalon blanc de son voisin. « Pardon, monsieur, euh, pardon, madame, excusez-moi, je ne l'ai pas fait exprès, je n'ai pas mes lunettes, et l'une de mes lentilles est tombée tout à l'heure ». Lise connaît très bien ça, la honte. Elle s'en est fait une sorte de bonne copine qu'elle est souvent contente de retrouver. Ça finit toujours par l'amuser. Mais pour ça, il faut attendre un peu. Laisser un sas de décompression. Alors, quand Stéphane va se réveiller et qu'elle devra présenter ses excuses, il sera trop tôt. Dire : pardon, mon amour, pour hier soir. Elle ne pourra pas. Que doit-elle faire alors ? Partir ? S'enfuir pour une cuite, une chambre trop sombre, une maison qui lui rappelle de mauvais souvenirs. Elle doit faire vite, ne pas y penser. Ne pas réveiller Stéphane. Peut-être lui écrire ? Elle ne sait pas très bien ce qu'elle éprouve, pourquoi tenter de le dire ? Elle pourrait essayer bien sûr, trouver une logique, des excuses, s'appuyer sur l'enchaînement des choses, les événements qui l'ont mise à l'épreuve. La déconstruction, le dépouillement, la violence. Celle qu'elle reçoit tous les jours. Celle qui la compose depuis toujours. Stéphane sait déjà tout. Ils ont vécu des années à penser qu'ils pourraient surmonter le passé, se faire des baisers, des câlins, des promesses, de longs tête-à-tête dans des bistrots, de grands éclats de rire. Mais il faut bien se rendre à l'évidence. Les souvenirs ont la peau dure et voilà qu'ils reviennent avec leur petit fiel. Lise doit s'excuser. Elle n'en a pas la moindre envie. Alors Lise va partir. Simplement, très simplement tant que personne n'est encore réveillé. Un petit mot sur la table de nuit et salut. Stéphane et elle s'expliqueront plus tard à la maison. Quelle heure est-il ? 7 h 30. Justine se réveille toujours avant 8 h. Elle n'a plus beaucoup de temps. C'est vraiment ça son problème. Le temps qui passe, le temps qui reste et qu'elle gaspille. Le temps qu'elle vole comme l'autre jour où elle devait récupérer sa fille à la sortie de l'école. Devant les grilles, elle avait été prise de vertige. Pas maintenant, pas tout de suite, pas déjà. Les petites tendresses, le bain qu'il faut donner, le repas à préparer, les histoires avant de s'endormir, et pour elle, aucun répit. Pour une fois, elle avait le droit d'arriver en retard. Il pouvait y avoir eu un accident dans le métro, une avarie technique. Elle pouvait avoir été retenue par quelqu'un au travail sans oser dire non. C'était possible. Elle avait refait le tour du pâté de maisons, une cigarette à la main. Elle s'était arrêtée chez le fleuriste sans rien acheter, simplement pour discuter, s'étonner que ce ne soit plus la saison de l'eucalyptus : « Ah bon, il y a une saison pour ça aussi ? » Elle était même entrée dans un magasin pour essayer une jupe, puis un pantalon et encore une jupe. Elle avait senti son téléphone vibrer dans son sac, fait mine de ne pas comprendre. « Eh bien, madame Durville, on commençait à s'inquiéter ! » Ah bon ? Elle ne les avait pas prévenus ? Elle était certaine de l'avoir fait pourtant.

Que doit-elle faire déjà ? Ah oui, son sac. Elle n'a qu'à glisser du lit et tendre le bras pour l'attraper, sortir en silence de la chambre. Son cœur s'accélère, sa gorge se serre, une force lui comprime la poitrine. Elle se sent toute petite. Aussi petite que lorsqu'elle l'était vraiment et qu'elle murmurait, le visage fermé, la moue vers le bas : « Je ressemble à un garçon ». Elle soulève la couette : côtes saillantes, deux boules d'os autour du bassin, cratère au milieu des seins. Voilà. Un garçon. Lise s'habille comme un garçon, serre les dents aussi fort qu'un garçon. Est-ce parce que sa mère lui a souvent répété : « Tu as failli t'appeler Antoine ». Lise aurait préféré être le fils de sa mère. Elle avait l'intuition, sans pouvoir l'expliquer, qu'il aurait été plus simple qu'elle soit née du sexe opposé. Elle n'aurait pris la place de personne. Depuis, Antoine était resté là, jamais loin, à zoner dans son corps. Alors ce matin, Lise, qui aurait pu être Antoine, réfléchit à la façon la plus discrète de partir. Elle sait que c'est ridicule. Si elle se lève, Stéphane va l'entendre, il faudra alors se parler, s'expliquer. Mais peut-être qu'en allant aux toilettes elle pourrait s'enfuir par la fenêtre et courir jusqu'à la voiture ? Elle rit. Est-ce qu'elle rit vraiment ? Elle n'a pas tellement envie de rire.

Sous la plaque transparente d'un cadre face à elle, deux garçons lui tiennent tête. Elle plisse les yeux pour réduire au maximum l'espace où elle les aperçoit encore, purs et carnassiers. Il manque une dent à l'un d'eux. À quoi aurait ressemblé le cliché, si ces deux garçons, au lieu d'avoir huit ans, en avaient eu vingt ? Aucun adulte ne sourit avec un trou en plein milieu des incisives. Les enfants. Leurs excuses, leurs questions. Hier, sa fille : « C'est où la campagne ? »

Lise : « C'est quand on voit plus de vert que de gris sur le sol. » Justine : « C'est tout ? » Oui, c'était tout, mais toujours, ça recommence. L'air vient à lui manquer. Les pleurs approchent et la tétanisent. Ses pensées s'alarment. Pourquoi sa fille n'est-elle pas encore debout ? Que lui est-il arrivé pendant la nuit ? S'est-elle étouffée dans les oreillers de ce grand lit étranger ? Sa fille, le visage bleu entre les coussins, asphyxiée sous les plumes. Personne pour lui venir en aide. Elle doit s'assurer de sa bonne santé. C'est son devoir. Son rôle de mère. Peut-être est-elle tombée ? Le dos plaqué au sol, la colonne vertébrale brisée dans le silence de son sommeil ? Elle toussait hier soir. S'est-elle étouffée pendant qu'elle dormait ? Lise est un géant de sable impossible à manier, incapable de se lever. Quant à prévenir Stéphane, au lieu d'ouvrir la bouche, elle pince les lèvres et déglutit. S'il est vraiment arrivé malheur à Justine, elle en sera l'unique responsable. Elle était tellement saoule hier soir, elle n'a pas pensé, comme elle le fait d'habitude, à embrasser la petite avant de se coucher. Si seulement elle avait eu cette attention, peut-être aurait-il été temps ? Elle se serait rendu compte que Justine, prise de convulsions, était tombée du lit, et qu'à terre, la tête renversée, elle cherchait par tous les moyens à reprendre de l'air. Lise aurait alors déboulé en nage dans le salon, les yeux en dehors du visage. Justine gisait blême sur le parquet, il fallait de toute urgence appeler le Samu, les pompiers, remuer le ciel et la terre entière. Chacun aurait pensé qu'elle n'était pas si inconséquente. Mais là, tout était sa faute. Non seulement elle n'avait pas été à la hauteur hier soir, mais en plus, elle avait obligé Stéphane à s'occuper d'elle, détournant son attention du principal : leur enfant. Lise a envie de hurler. Elle joint les mains sur la poitrine, ferme les yeux, pense à des images qui la réconfortent. *Détachez vos pieds du reste de votre corps, isolez vos jambes.* Elle reproduit les exercices de relaxation appris en cours de préparation à l'accouchement. *Projetez en vous une image positive, observez la scène se dérouler sous vos yeux.* Immédiatement, elle sait. La plage cernée de roches brûlantes et de nature débordante. Elle se connecte à la chaleur, la douceur de l'espace. Elle répète ce que les sages-femmes lui ont appris : projette un rayon de lumière sur la scène, choisit sa couleur, bleue. Elle inspire. Son corps s'allège, les pleurs refluent. Elle sait que Justine n'agonise pas en silence. Elle va bien. Ce sont les pleurs qui noircissent tout. Ils tissent leur toile. Elle se perd dans leur labyrinthe. Ils la frôlent, la compriment parfois si fort, Lise devient violente. Quand les pleurs l'assiègent, elle est capable de tout, boire jusqu'à s'effacer comme hier soir, laisser sa fille pour morte dans son lit ce matin.

Elle doit poursuivre le protocole. Bleu. Le rayon. La plage. Elle y retourne, se souvient.

Allongée à plat ventre sur le sable, la chaleur s'introduisait en elle à travers la serviette. Le soleil brûlait son dos. Ses épaules se désarticulaient. Elle s'enfonçait dans le sol, ses membres s'alanguissaient, aucun élément ne pouvait la blesser. Le sable s'accrochait à ses lèvres, se fixait à la sueur. Elle avançait vers la mer, s'isolait, sans ressentir le contraste entre le bas de son corps immergé et le haut qui ne l'était pas encore. Enroulée dans les vagues, des bulles d'air formées par ses propres mouvements remontaient le long de ses côtes. Elle dénouait son soutien-gorge, enlevait sa culotte. Le liquide la pénétrait. Elle nageait nue, seule, absorbée dans la masse de l'océan. Au loin, les vacanciers, des points. Bientôt, plus rien. La mer et le ciel dans un même bleu se confondaient. L'horizon disparaissait. Sa vie glissait. Lise se renversait. Dans les vagues devenues sombres, elle distinguait seulement ses ongles rouges. Cette couleur, c'était le regard des autres. Elle s'en détachait, éloignait ces ombres grenat dans l'écume qui l'estompait. De nouveau, elle s'enroulait. Son cœur traversait sa poitrine, remontait dans sa gorge. Elle aimait s'étourdir, ne plus savoir s'orienter. La mer se trouait. Elle se laissait aspirer dans son ventre, sans souffrir des morsures du sel ni du liquide qui saturait ses oreilles. Elle descendait. L'eau gonflait sa gorge. Elle était une pierre dont on perd la trace. Elle pouvait tout lâcher, en finir là. Elle se sentait libre, enfin.

Hors du ciel et de la terre, dans le grondement sourd des vagues, les pleurs, toujours, l'accompagnaient en même temps que les bruits familiers de son enfance, le murmure étouffé de la radio, la même émission, la même musique, chaque dimanche, à la même heure. Elle se souvenait des devoirs à terminer, du parfum de la lessive dans la maison, des shampoings qui piquent les yeux. Elle repensait à tout ce qu'elle avait toujours détesté dans ces moments. L'ennui des embouteillages, le retour de la campagne, les questions sans réponse à se demander pourquoi ses parents la conduisaient presque chaque semaine dans cette maison où chaque geste, chaque phrase étaient une insulte à la vérité. Surgissaient alors ces journées gâchées à entendre ses parents se disputer, cachée au fond d'une pièce où ils pensaient qu'elle n'était pas. En tailleur sous la table de la salle à manger, couchée sous son lit, elle s'inventait des histoires pour oublier le chagrin de ces fins de semaines sacrifiées sur l'autel de la carrière de sa mère, obligée de prendre l'avion tard le dimanche soir afin de s'assurer d'être à l'autre bout du monde le lundi matin. Elle revoyait les valises dans l'appartement, les dossiers sur la table du salon. Sa mère organisait sa fuite sans jamais trouver le courage de lui dire au revoir, mais son père l'appelait « mon petit chat » avec une telle tendresse qu'elle se pelotonnait contre lui. Aujourd'hui, ces sales bêtes de chats, elle les déteste. Elle répète à toute allure, « Sale chat, sale chat, sale chat » et les mots finissent par se mélanger dans sa bouche pour ne plus vouloir rien dire.

Dans la profondeur qu'elle atteignait, elle rejoignait aussi un petit manteau rouge, celui dissimulé dans le fond du placard de sa mère. Un tricot aux mailles si raides qu'il ressemblait au tissage d'une canisse oubliée au soleil. Quand elle l'avait pris dans ses mains la première fois, elle avait cru tenir le corps de l'enfant à qui il avait appartenu. Une petite fille, à en croire la couleur magenta de l'habit. Une gamine de quatre ans n'aurait pas pu y passer les bras. C'était le vêtement d'un enfant plus jeune encore. À l'intérieur, l'étiquette délavée n'indiquait pas de taille. Dans sa doublure, malgré l'usure, elle devinait le dessin de cerises. Deux ronds couleur vin sombre rehaussés de vert. Un secret dans l'étoffe d'un enfant caché derrière une montagne de collants filés et de foulards imbibés d'eau de Cologne éventée.

La tête dans l'eau puis hors de l'eau, le soutien-gorge passé au poignet droit, la culotte au gauche, cette baignade, ce souvenir c'était il y a dix ans, quinze peut-être. L'été. La plage. Lise pensait à son père, à sa mère. Elle y pensait comme à une entité formant un couple, un concept, celui de parents. Elle y pensait comme deux corps unis qu'elle avait pourtant si peu connus ensemble. Ses parents avaient divorcé quand Lise avait 10 ans. Elle se souvenait du coupe-cigare double lame de son père, l'aversion de sa mère à inhaler la fumée. Elle n'avait jamais vu ses parents heureux ensemble. Cette moue de dédain de sa mère quand son père sortait le long cigare de l'étui en cuir, était sans doute ce qui leur ressemblait le plus. Cette impossibilité des corps, des envies et des habitudes à faire route côte à côte. Et maintenant, ce couple était mort. Ses parents n'étaient même pas enterrés ensemble. Lise y pensait les rares fois où elle se rendait au cimetière. Elle regardait les monuments immenses des caveaux familiaux et leurs tombes à eux, éloignées, séparées l'une de l'autre. Pourtant, ensemble, ils continuaient d'exister en elle, comme si la violence et le désastre de leur histoire ne pouvaient rien effacer. Ils restaient ses parents et elle y songeait sur le sable en même temps qu'elle entendait une voix l'appeler. Autour d'elle, des anonymes. Elle ne connaissait personne. Elle guettait. Qui voulait lui parler ? Qu'avait-elle fait pour qu'on veuille lui parler ? Qui la connaissait ? La voix qui l'appelait la connaissait. Elle ne prononçait aucun mot. Une langue sans paroles. L'espace s'agrandissait. Pour la première fois, c'était arrivé, ils étaient réunis tous les quatre. Ses parents, elle, et la voix. Elle l'entendait. Il fallait être seul pour y croire. Il fallait être fou pour y croire. Lise se soumettait. Elle allait la rejoindre. Elle y était presque, presque. Une lumière puissante d'un blanc très pur qui ne la brûlait pas, l'enveloppait. Dans la mer c'était elle. Un cœur vivant.

Sous l'écran opaque qui lui voilait le ciel, elle ne parvenait plus à organiser ni son souffle ni ses pensées. Sa vie se consumait, se réduisait à une poche d'air, une trappe où tout ce qui avait été haut dans son existence, les grilles de son école, le gabarit de colosse de son père, la tour immense qui touchait le ciel dans le quartier où elle habitait enfant, se fondait dans l'eau en un petit tas de sable et de cristaux. Un amas de poussière. Elle l'avait vue. Elle pourrait le jurer encore aujourd'hui. Dans la mer, enfin, c'était elle. Sa sœur.

Un cri aigu l'arrache à son souvenir. Justine les appelle et elle y jette toutes ses forces. Elle s'époumone à plein régime, demande papa, réclame maman : « Maman tu peux venir s'il te plaît ? Maman c'est l'heure du petit déjeuner ! » Ma-man, les syllabes découpées dans sa bouche en cœur. D'habitude, pour calmer sa fille, gagner du temps, Lise lance : « J'arrive ! » « Quand ? Allez, Ma-man. » Elle répète : « Justine, deux minutes, tu as compté les animaux ? Les animaux du zoo au plafond, est-ce qu'ils sont tous sortis de leur tanière ? Tu as vérifié ? » En temps normal, depuis le lit où elle s'étire, Lise imagine sa fille en tailleur au milieu des draps. Les deux fossettes accrochées à chacune de ses joues. Dans quelques minutes, elle la serrera sur son cœur. Mais aujourd'hui Stéphane s'est levé sans un regard, sans un geste. La première étreinte avant de tout recommencer, lisser les draps du plat de la main, ébouriffer les cheveux, murmurer : Bonjour. Rien. Justine appelle encore et il n'y a plus de zoo au plafond. Le zoo a disparu. Lise ne sermonne pas les vilains singes qui ne se lèvent jamais à la bonne heure, ne s'inquiète pas du petit éléphant qui a fait tant de caprices pour se coucher la veille. Justine s'égosille toujours. Maman ! Bientôt, elle aura réveillé toute la maison.

Au pied du lit, long, solide, épaules carrées et poings épais, Stéphane. Il pousse la porte en veillant à faire le moins de bruit possible, mais c'est tout l'inverse qui se produit. Il en fait du vacarme ce silence laissant hurler derrière lui les souvenirs quand, il n'y a pas si longtemps, dès qu'il se réveillait, Stéphane s'approchait de Lise, agrippait sa taille avant de s'inquiéter : avait-elle passé une bonne nuit ?

— Bof.

— Comment ça, bof ? Tu as tellement ronflé !

— Moi, ronflé ?

Il l'appelait son raton laveur. « Oh non, on ne parle pas comme ça d'une femme qu'on aime ! » Moi je voudrais être ta fée, ta guerrière, ta grande exploratrice, tout sauf ton raton laveur. Ce matin, Lise donnerait cher pour redevenir le raton laveur, le castor, la mouette ou même la loutre. N'importe quoi, pourvu que ça fasse plaisir à Stéphane. Voilà, elle se verrait bien en loutre comme dans le conte qu'elle lit le soir à Justine : « Donne-moi ta patte, petite loutre ». C'est un signe qu'on lui envoie. Elle n'a plus la patte de Stéphane, elle va finir comme la petite loutre perdue du livre de sa fille. Non. Non, non, non. Rien que d'y penser ça l'énerve tout de suite. Son sac, où est son sac ? Voilà ce qu'elle doit faire depuis tout à l'heure. Qu'est-ce qu'elle attend ? Elle va laisser Stéphane profiter de son week-end, reprendre ses esprits tranquillement chez eux. Il peut très bien le comprendre. Stéphane comprend tout, de toute façon. Quand elle sera bien réveillée, qu'elle aura de nouveau les idées claires, elle lui expliquera : la fatigue, la date. Oui la date, elle se justifiera. « Je vais rentrer à la maison me reposer. Toi, profite encore un peu avec Justine. On se retrouve demain, d'accord ? » Elle n'aura pas honte, ne sera pas humiliée, elle va exprimer calmement ce qu'elle ressent plutôt que se laisser aspirer dans ce grand silence qui ne signifie même pas que Stéphane lui en veut. S'il était en colère, elle serait sa petite peste, sa sorcière, son démon, mais là, elle n'est rien. Rien qu'une fille à qui on ne dit pas bonjour. Elle a si mal dormi. Elle a rêvé qu'elle était tombée ivre morte devant tout le monde et que Stéphane l'avait tenue dans le creux de sa main parce que, dans son rêve toujours, Lise était devenue aussi petite qu'une fève couchée dans un lit beaucoup trop grand pour elle. Elle se perdait dans les couvertures, presque étouffée. Si Stéphane lui avait adressé la parole avant de se lever, elle aurait pu s'en sortir par cette pirouette. Plisser les lèvres dans une moue, l'air de regretter ce qui s'était passé hier soir. Bien sûr, ce n'était pas un cauchemar, mais ils pouvaient se faire croire que ça l'avait été. Allez zou ! par la fenêtre le vilain rêve. On fait semblant de jeter l'oreiller dehors, comme quand elle était petite. « Hé ho, vous faites quoi tous les deux ? J'attends mon câlin ! » Elle pourrait tenter ça aussi. Le coup de l'amnésique. Quoi hier soir ? Ah non, aucun souvenir. Alors, Justine viendrait se blottir contre elle. Stéphane passerait la main sur son ventre. Ils sentiraient le désir monter entre eux, se retiendraient, seraient heureux au lieu d'enfouir la colère sous les draps, refermer la porte sans faire de bruit.

Stéphane ne l'a pas embrassée et ce n'est jamais arrivé. Lise fouille dans sa mémoire. Elle cherche, cherche et ne trouve que des baisers dans ses souvenirs. Des baisers le temps de quitter la pièce et reparaître quasiment dans le même instant. Des baisers qui n'en finissent pas le matin, avant de partir à ses consultations. Stéphane est médecin. Dès 8 heures, la salle d'attente devant son bureau est pleine et Lise ressent de la fierté. Pourtant, ce n'est pas un sentiment qui lui est familier. Mais quand elle doit répondre à cette question : « Et ton mari, il fait quoi dans la vie ? » Oui, Lise est fière. Ce n'est pas le statut social qui la flatte, pas l'appellation docteur qu'elle entend parfois à l'autre bout du fil, quand les patients tentent de le joindre le week-end, pas non plus le revenu confortable qui les met à l'abri du besoin. Non, ce qui lui colle ce petit air de contentement quand quelqu'un lui pose la question, c'est de savoir qu'avec Stéphane il ne lui arrivera jamais rien. C'est-à-dire rien de grave ou d'incurable. Bien sûr, il faudra compter avec les accidents, les fautes à pas de chance, le mauvais sort et les matins lourds. Il y aura la mort, les chagrins et les bateaux qui tanguent, mais Lise est convaincue que Stéphane saura faire face, parce qu'il dit « Nous sommes petits, Lise » et quand il dit petits, ce n'est pas à l'échelle de l'homme mais de l'humanité. Et Lise, ça lui fait du bien. Vous n'imaginez pas à quel point ça lui fait du bien. Sauf que ce matin, les baisers sont partis. *Pfuit*, envolés. Lise pense à son préféré. Le baiser sur le front, celui déposé il y a quelques semaines, quand sa collègue l'avait appelée en urgence à 22 heures parce qu'une femme venait de s'écrouler ivre morte à la fête de fin d'année de son entreprise. Si elle n'avait pas reçu ce baiser ce soir-là, si Stéphane n'avait pas noué son écharpe à son cou en lui murmurant « Courage », aurait-elle eu la force de se glisser en dehors de l'appartement ? Elle se passe la main sur le front pour vérifier qu'il n'en reste pas un peu de ce baiser-là. Une empreinte, un souffle. Une odeur. Elle porte la main à son nez. Ses doigts sentent le tabac. Elle est triste. Pourtant, Stéphane lui avait ordonné d'être heureuse. Ce souvenir encore. Le jour de leur rencontre dans le bus, il y a sept ans. Il s'était assis à côté d'elle sur la même banquette. Il avait observé ses mains, ses phalanges infinies au bout desquelles un vernis rouge s'écaillait. Lise avait caché ses ongles abîmés en fermant les poings. Il avait trouvé ça charmant, cette coquetterie à côté d'un inconnu. Lequel avait parlé à l'autre le premier ? Chacun avait sa version des faits, mais ils étaient d'accord sur un point, Stéphane avait devancé Lise en lui proposant de la raccompagner, avant de lui déclarer, la voix pleine d'assurance au moment de la quitter : « Soyez heureuse ! » Elle était restée interdite. Soyez heureuse ! Cette phrase l'avait bouleversée. À plus de trente ans, c'est-à-dire à sans doute plus d'un tiers de sa vie, Lise avait pris conscience qu'elle n'avait jamais pensé à ça, être heureuse. Elle n'en avait jamais fait un principe, encore moins une priorité. Soyez heureuse ! Et si c'était par là qu'elle aurait dû commencer, au lieu de toujours tout inverser comme d'habitude ? Être heureuse, plutôt que souffrir, et essayer de trouver ensuite le moyen de s'en remettre. Soyez heureuse ! Cette phrase avait décoché en elle des flèches si profondes, elle découvrait la moelle qu'elles atteignaient.

J'ai une chance incroyable, j'ai rencontré une femme lumineuse, secrète, passionnante, d'une beauté renversante. Avant même que tu ne me parles, j'avais repéré ton visage, ton cou. J'étais envoûté. Quel bonheur. Je crois que l'on vit dans l'attente de ces moments-là. Si rares.

Sur son téléphone, Lise s'imprègne du premier message de Stéphane. Elle l'a recopié pour ne pas le perdre ou l'oublier. Elle le relit souvent et les mots la réparent. Son cœur caracole. Elle pense au sourire de son mari, la tendresse infinie de son regard. Il aura su desserrer les petites griffes sur le cœur. L'aimer. Le lui dire.

— Mais les autres aussi tu les as aimées. Qu'est-ce qu'il y a de différent entre nous ?

— Tout.

— Ça ne veut rien dire, tout. Ou plutôt si, ça veut juste dire que tu ne sais pas quoi dire.

— Non.

— Quoi alors ?

— Je ne sais pas, moi.

— Eh ben, tu vois, il n'y a rien de différent, c'est horrible.

— Ah si, je sais !

— Ah !

— Toi, je peux nager en toi, ça ne m'est jamais arrivé, ça.

— Quoi ? Qu'est-ce que tu racontes, je ne comprends rien.

— Oui, là, tu vois, surtout quand tu fais ça, la grande scène, les pleurs, les cris, la catastrophe dans les yeux, je nage en toi, parce que je te comprends. Je m'étends, je plonge, je vais au plus profond pour constater jusqu'où vont les dégâts et j'essaye de réparer. Les autres, je n'en avais rien à foutre des dégâts, ou plutôt si, ils m'encombraient, je zappais. Je n'en voulais surtout pas de leurs dégâts. Toi, ne me demande pas pourquoi, tes dégâts, je les aime. Je suis tombé amoureux de tes dégâts.

Depuis sept ans, leur histoire avait été une longue conquête l'un de l'autre, lui suffisamment armé pour l'aider, elle suffisamment docile pour l'accepter.

Stéphane avait surgi dans son existence alors que Lise n'y était absolument pas préparée. À l'époque, elle vivait seule dans un petit deux-pièces obtenu de haute lutte auprès d'un agent immobilier revêche qui trouvait son dossier trop léger en termes de garantie financière. Mais Lise s'était montrée convaincante. Le regard effronté, la parole assurée, elle avait obtenu gain de cause. Aucun homme n'avait jamais habité chez elle. Son désordre était son désordre. Son odeur son odeur. Ça lui allait très bien comme ça. Elle chérissait plus que tout sa solitude corollaire de sa liberté. Elle se le répétait plusieurs fois par jour : Je suis libre. Libre d'aller et venir comme bon me semble. Libre de rentrer tard le soir. Libre de manger à n'importe quelle heure. Libre de dormir la fenêtre ouverte si ça me chante. Libre de ne pas débarrasser la table pendant plusieurs jours. Libre d'empiler les assiettes dans l'évier et laisser flotter dans la cuisine une odeur de marc de café un peu rance. Libre de faire tout ça, même si ça ne mène pas à grand-chose, peu importe, je suis libre. Un soir, Stéphane avait tranché : « On s'installe ensemble ? Deux loyers à payer alors qu'on est toujours l'un chez l'autre, c'est ridicule. » Voilà comment était née entre eux l'idée d'un compte commun, d'un abonnement au cinéma et d'un aspirateur sans fil parce que c'est beaucoup plus pratique. Lise se rejoignait. Elle arrêtait de ne pas vivre, de ne pas lâcher ce qu'elle avait sur le cœur. Elle l'aimait. Aujourd'hui encore elle aime Stéphane. Elle aime sa force, son courage de prendre les bonnes décisions pour elle, pour eux. Stéphane provoque les gestes, les rapprochements. Un soir, elle rentre. Justine est chez sa grand-mère. Il a réservé des billets d'avion pour Venise. C'est cliché. C'est loin. Sa semaine a été épuisante, elle rêve d'un bain, d'un dîner calme dans la cuisine. Venise, ça lui paraît insurmontable. Est-ce qu'on a le droit de refuser Venise ? Elle prend le sac que Stéphane lui a préparé, fait tout un cirque pour vérifier ce qu'il y a à l'intérieur. C'est presque l'été. Elle ajoute des robes, des sandales, des espadrilles. Stéphane pense à l'hôtel qu'il a réservé. Un vieux palais avec des chambres immenses. Beaucoup de hauteur sous plafond, des tapis, des lustres, du bois. Ils vont être en retard. Il lui demande de se dépêcher. Elle traîne. Il répète : C'est vendredi soir, il risque d'y avoir du monde sur le périph ». Quand ils s'engouffrent enfin dans un taxi, le GPS indique 28 minutes pour rejoindre la Porte d'Orléans. Ils ratent l'avion. Au comptoir d'embarquement, au milieu de tout le monde, Lise se raidit. Le sac, les espadrilles, les robes. Tout ça pour ça. Stéphane sourit. Sans prendre l'air béat ou idiot de ceux à qui tout va. Son sourire à lui, c'est celui des gens heureux qui vous laisse à votre vague à l'âme. Il fait comme s'il ne comprenait pas, 1/ que l'avion est parti sans eux, 2/ qu'il aime une femme capable de râler alors que c'est à cause d'elle que le week-end est foutu. Une femme qu'il a choisie, voulue. Très vite aimée. Pas seulement aimée. Adorée, chérie, désirée, très très fort. Stéphane pianote sur son téléphone, reprend des billets. C'est pour ça qu'elle l'aime. Parce qu'il la sauve. Quand elle est seule, dans le noir, il la conduit là où elle ne pourrait pas s'aventurer sans lui, même si c'est à Venise et qu'elle n'en a pas la moindre envie. Venise, c'est quand même mieux que d'expliquer à sa belle-mère qu'on a failli passer un bon moment et puis non. Au fond, Venise, ce n'est pas si mal. Et elle est là, la vérité. Lise ne va pas si mal. On pourrait même dire que Lise va bien. Elle aime son mari, sa fille. Elle aime leur appartement, leur vie à trois. Elle aime ce qu'ils représentent. Dans l'immeuble, les voisins les envient. Ils sont le couple amoureux du troisième étage avec une si jolie petite fille. Certains affirment même : « On l'a vue naître », comme s'ils faisaient partie de la famille. On ose demander des conseils à Stéphane dans l'ascenseur, son avis sur le vaccin contre la grippe, un certificat pour l'inscription à la salle de sport, le renouvellement d'une ordonnance. Bien sûr, on s'excuse, on ne veut surtout pas déranger, on demande des nouvelles de Lise également. On s'inquiète de savoir si elle n'est pas trop fatiguée avec tous ces gens qui la sollicitent. Non, Lise n'est pas trop fatiguée. Elle ne l'est jamais. Elle tient. Elle repousse les limites, n'écoute pas son corps.

Lise avait appris qu'elle attendait Justine, enceinte de cinq mois déjà. Elle bataillait contre l'évidence, n'avait plus ses règles depuis un moment mais ne s'en inquiétait pas. Ces choses-là n'avaient jamais été très régulières chez elle. Elle ne ressentait pas de nausée. Son ventre était aussi ferme et plat qu'avant. Sa meilleure amie l'avait convaincue de faire le test. Elles s'étaient retrouvées dans un café. Une conversation banale :

— Comment ça va ? Et le boulot ?

— Oui, les gens oh la la, les gens, tu ne peux pas imaginer !

— Et toi ?

— Quoi moi ?

— Toi, ça va ?

— Ben oui.

— Sûr ?

— Mais oui enfin !

— Pourquoi t'as l'air embêtée quand tu dis ça alors ?

— Non, c'est juste que j'ai plus mes règles depuis plusieurs mois…

— Combien de mois ?

— Je ne sais pas, mais j'ai l'impression que ça fait un moment quand même.

— Lise !

— Quoi, Lise ? Si je te dis ça, c'est pas pour que tu m'engueules.

— Je ne t'engueule pas ! T'as fait un test ?

— Tu plaisantes ? J'en ai déjà parlé avec ma gynéco, elle dit que le jour où on sera décidés, Stéphane et moi, il faudra que je change un peu mes habitudes, arrêter la cigarette, arrêter aussi de passer des nuits entières dans le froid comme l'autre jour, attends, ça aussi il faut que je te raconte…

— Lise, fais un test s'il te plaît !

Jambes écartées, tête baissée, elle regardait son urine couler sur la languette. Elle trouvait cette position si humiliante et elle si ridicule de faire ça que, de rage, elle abandonna le bâtonnet sur le bord du lavabo. Lorsqu'elle découvrit le résultat, elle comprit, sans mot, mais dans un état d'incrédulité totale. Stéphane avait dit : « C'est merveilleux ». Ça ne l'était pas. « Ce n'était pas possible, pas possible, pas possible ». Lise n'était capable que de ressasser le déni de ce qui se produisait en elle. Elle appuyait de toutes ses forces sur son ventre, soulevait son chemisier. Elle criait à Stéphane de regarder sa peau tendue. Ce n'était « pas possible, pas possible, pas possible ». Les vannes avaient cédé. Lise ne pouvait rien retenir, rien contrôler et une voix en elle avait vomi : « Ce n'est pas possible, Stéphane, je ne suis pas capable de porter cet enfant, le sentir bouger, grandir en moi, c'est au-dessus de mes forces, tu comprends ? Moi, enceinte ? Mais c'est absurde enfin, regarde ! Mais regarde comme je suis maigre et tout abîmée. Regarde mes os, ma taille, mes jambes.

Regarde mon ventre, bon sang ! Tu vois bien qu'il n'y a rien à l'intérieur ! Oh la la, mais comment on va faire ? Qu'est-ce qui va se passer ? Tu vas m'aider Stéphane, hein, promis, tu vas m'aider ? Je n'y arriverai pas toute seule, je ne pourrai pas ! Je t'en supplie ! Aide-moi ! Aide-moi ! »

Lise s'était mise à trembler. Elle parlait de plus en plus vite comme un ballon se vide de son air : « Je ne sais pas ce qui m'arrive, ce n'est jamais revenu en moi, aussi proche, dans mon corps maintenant, toute cette boue, je vis comme si c'était mon histoire, mais au fond je sais qu'elle ne m'appartient pas. »

Assis par terre sur le carrelage de la salle de bains, Stéphane avait pris Lise dans ses bras. Un moment, il avait pensé l'installer dans un endroit plus confortable. Il s'était même fait la réflexion que ce serait mieux pour le bébé, et ça l'avait ému cette pensée pour la première fois : son enfant dans son ventre à elle. Mais Lise avait l'air tellement bouleversée, s'ils s'étaient levés, il imaginait que sa vérité aurait pu redescendre plus loin dans son corps alors qu'il la sentait là, au bord des lèvres, capable de jaillir. Il lui massait les cheveux, passait ses doigts très doucement le long de son dos, sentait ses vertèbres se soulever, s'écarter à mesure que son souffle s'apaisait. Elle était calme à présent. Stéphane s'était légèrement dégagé. Il pressait ses épaules, ses yeux interrogeaient les siens. Elle allait le lui dire. C'était maintenant. Stéphane l'encourageait à prendre son temps, fermer les yeux. Elle commençait.

Le retour de l'école. Lise explique la date, la main douloureuse et sa mère qui hurle dans l'appartement. Lise entend les pleurs sur le palier, puis décrit le silence de ses parents. Le couvercle sur la vie à trois. Lise ne manque de rien. Sa mère lui achète de beaux vêtements, trop beaux même, son manteau rose bonbon lui attire tellement de moqueries à l'école. Ses codes ne sont pas les bons. Ses sous-pulls en acrylique font se dresser ses cheveux sur la tête et ses épais serre-tête en velours. Mais encore une fois, Lise est ce qu'on pourrait appeler une enfant gâtée. Ce qui la rendait triste surtout, c'était de constater que ses parents l'étaient. Quelque chose ne tournait pas rond. Elle voyait bien que les parents de ses amis n'étaient pas comme ça. On ne pouvait pas leur faire avaler n'importe quelle salade. Lise s'était même pris un sacré savon par la mère de Virginie quand elle et sa copine étaient revenues maquillées comme des voitures volées après avoir essayé tous les échantillons du Monoprix. Chez elle, c'était tout l'inverse. Lise aurait pu s'habiller, se coiffer n'importe comment, rentrer avec n'importe qui, le char de Ben-Hur en plein milieu du salon, et même ne pas revenir du tout, qui s'en serait inquiété ? Elle n'y comprenait rien. Elle ne comprenait rien à l'attitude de ses parents, leurs sourires forcés. Et encore, ce qui leur servait de sourire n'était qu'une grimace esquissée sur leurs bouches perpétuellement accablées. Alors, pour ne pas sombrer avec eux, Lise inventait des jeux, des voyages dans sa chambre. Elle raconte Marie-Noëlle. Est-ce que Stéphane veut la voir ? Stéphane peut comprendre beaucoup de choses, mais à cet instant précis, il pense : Ma femme enceinte de notre enfant veut me présenter Marie-Noëlle, une poupée enfermée dans un placard. Il essaye de se convaincre : ça va passer. Lise n'est pas folle, il la connaît. Les fous, les vrais, ce sont ceux dont elle s'occupe, même si Lise le reprend toujours quand il demande : « Comment vont tes fous ? » Donc Lise n'est pas folle. Si elle l'était, elle ne pourrait pas prendre soin des autres. Il faut aller au bout de l'histoire. Ne pas s'arrêter au milieu, rencontrer Marie-Noëlle. Mais encore une fois, Lise s'énerve et le débit de sa parole s'accélère. Stéphane : « Pourquoi ? Mais pourquoi ? » Avec sa voix si douce que Lise voudrait se faire une couverture et s'endormir avec. Elle se blottit de nouveau contre lui et à la manière de ceux qui essayent encore de parler quand le sommeil les emporte, Lise explique dans un état semi-conscient que Marie-Noëlle est sa sœur. Elle murmure : « Je m'en suis bien occupée toutes ces années. Tu vois, elle est encore là avec moi. Regarde, son vêtement n'est presque pas abîmé. La couleur, bien sûr, s'est un peu estompée. Quand j'étais petite, l'habit était d'un vert si tendre. » Stéphane se répète : Ma femme n'est pas folle, ma femme n'est pas folle. Il serre ses épaules, l'enveloppe. C'est quelque chose qu'on lui a appris pendant ses études de médecine, se mettre à la place du patient, essayer de comprendre ce qu'il ressent. Il se rappelle les mots du professeur : « Pour imaginer la détresse dans laquelle se trouve le sujet incontrôlable, sachez que pour lui, c'est comme s'il était pieds nus sur la banquise ». Stéphane doit aider sa femme. Ses petits pieds nus sur la glace lui soulèvent le cœur. Il la prend dans ses bras, ose demander : « Et la suite alors ? Tu me racontes la suite ? » Lise répond qu'elle a honte, quand il connaîtra la suite il ne voudra plus jamais lui parler, la regarder dans les yeux. Ses yeux auront changé. Il verra la vérité croupir dans le fond de sa pupille et elle ne pourra pas le supporter. Stéphane se répète : Pieds nus sur la banquise, pieds nus sur la banquise. Il se souvient encore du professeur : Quand vous aurez immobilisé le patient, deux signes vous indiqueront que vous êtes sur la bonne voie : le relâchement des deltoïdes et la décontraction de la mâchoire. Stéphane caresse la joue de Lise. De petits cercles précis du bout de l'index et du majeur. Comment peut-elle parler s'il appuie à cet endroit ? Il lui répond qu'elle a raison, mais elle continue, d'accord ? Lise veut des promesses : « Jure que tu ne me quitteras pas après ça ? Jure que tu ne me prendras pas pour un monstre et que tu ne me laisseras pas toute seule ? » Stéphane le jure. Alors, Lise explique le ciel si clair ce jour-là et le vent si fort. Elle raconte la plage, le bruit des vagues. Elle dit qu'elle n'a rien connu de tout ça, parce qu'elle était dans le ventre de sa mère, mais qu'un jour, bien plus tard, tellement tard, sa grand-mère le lui a raconté. Elle a insisté sur le soleil de ce matin-là. Comme si c'était important qu'il ait fait beau pour qu'enfin, tout cela ne soit pas si triste. Lise commence par ça. La belle lumière sur le sable qui tourbillonne. Elle explique la longue marche à travers les pins, la fatigue de sa mère. Stéphane lui serre toujours les épaules. Lise tente de bouger, il l'en empêche, ordonne : « Reste là. Voilà, calme-toi. Que s'est-il passé après ? Ta mère est fatiguée, elle s'assoit et après ? » Lise attrape Marie-Noëlle, elle la tient sur son ventre, recroqueville le corps en mousse, mais elle ne poursuit pas. Pas ce jour-là, c'est impossible. Elle ne confie pas qu'elle a si peur d'être enceinte, à son tour de perdre son bébé comme elle a perdu sa sœur il y a des années. Stéphane y consent. Il dit : « Plus tard, quand tu voudras, quand tu pourras ». Lise demande : « Tu seras là ? » Oui, il sera là. Promis ? Encore une fois, Stéphane promet.

Devant la fenêtre ouverte de la chambre, un frisson remonte son corps. Les bras croisés sous la poitrine, Lise respire l'odeur de mousse et de gazon, s'éblouit de la lumière qui frappe les branches. Dans la cuisine, il y a sûrement les autres en train de préparer le petit déjeuner. Leur voix. Le craquement des céréales sous leurs dents. Le lait bouilli dans la casserole. Elle attendra un moment plus calme pour parler à Stéphane. Sur le fauteuil, elle attrape l'un de ses gros pulls, enfile à la hâte un pantalon, met ses chaussures sans en nouer les lacets. Elle fixe une dernière fois la chambre, le lit défait, sort par la porte-fenêtre qui donne directement sur l'extérieur. Les rayons du soleil la réchauffent en même temps que des glapissements inarticulés s'échappent d'un buisson. Le branchage s'agite. Des oiseaux aux ailes fines s'éloignent en rase-mottes jusqu'à une piscine qu'elle apercevait depuis la chambre. Le bassin est à l'air libre, il n'a pas été bâché malgré le froid. De son eau verdâtre s'échappe une odeur de vase. Lise en ressent un léger haut-le-cœur, mais ne s'écarte pas, médusée par un insecte qui se débat au milieu de cette tourbe. Elle approche son visage de la surface, les doigts solidement repliés sur le rebord dévoré de lichen. Elle est fascinée par ce microévénement qui se déroule sous ses yeux, cette toute petite chose en train de se produire dans l'immense nature qui l'entoure, là où chaque centimètre carré de vie doit, lui aussi, générer son lot de petits épisodes, mais elle, ce qui l'intrigue, c'est ce qui se joue à la surface du bassin : l'insecte aux ailes vertes en train de se débattre. Ses pattes sont prises au piège, il ne peut ni ramper ni voler. Si personne ne l'aide, il continuera de remuer ses antennes dans la vase, le temps qu'il agonise avant de se laisser partir d'épuisement.

Lise veut assister à son ultime mouvement, son dernier souffle. Et à cette pensée, qu'elle visualise parfaitement bien en elle – son dernier souffle et puis plus rien, son dernier souffle et la noyade –, elle est traversée par une image à la fois nette et lointaine. Elle voit un petit corps battu par l'eau, un point microscopique qui s'efface et reparaît dans les rouleaux qui se gonflent de sable, de cailloux, de galets, de toutes les particules et organismes à leurs portées. Les vagues enflent de la terre elle-même et de ce tout petit corps qu'elles charrient avant de s'étirer sur le rivage. Des flaques d'eau scintillent. Au large, la houle continue son circuit. Elle brasse l'air, les cris des mouettes, les fosses sous-marines. Elle agite le monde dans une clameur à vous rendre sourd, mais elle ne rend pas le petit corps, et cette image la traque. Cette scène à laquelle elle n'a pas assisté, mais que sa grand-mère lui a un jour racontée, la poursuit. Elle a dessiné en elle les mots qu'on lui transmettait. Chaque phrase, chaque détail, elle les a transformés en séquences dont elle se repasse la trame et l'irreprésentable sature son esprit. Elle voit le petit corps ballotté, déporté, régurgité. L'eau s'enroule dans sa bouche, les algues ondoient dans sa gorge. Le petit corps s'efface dans le poids des vagues. Il part rejoindre un règne invisible, tandis que dans ce monde ici-bas, la mer vomit ce qui n'est plus le petit corps, mais ce qu'il en reste, un habit rouge dont la couleur lui fouette le sang, et voilà qu'elle-même se déchire. Elle bascule en avant, le buste plié sur le ventre, elle est prête à tomber, quand une voix la rattrape, celle de sa mère. Elle sent chaque parcelle de sa peau vibrer de ces mots qu'elle entend comme si c'était hier : *Lise, où es-tu donc passée ? Lise, reviens ici tout de suite, nom d'un chien !* Elle a dix ans et s'amuse à se cacher derrière un arbre. Sa mère s'affole, elle panique. Elle aboie son prénom un nombre incalculable de fois. *Lise, Lise, Lise,* comme autant d'aiguilles qui lui rentrent sous la peau. *Mais ce n'est pas possible, Lise, Lise, Lise ! Lise ! Elle était là il y a encore trente secondes, assise juste à côté de moi, Lise ! Lise ! C'est fou, je ne l'ai pas lâchée du regard une minute, LISE !!!!* Sa mère est hors d'elle, elle grelotte, elle a le visage blême presque translucide, *Lise, Lise, Lise !!* Sa mère hurle en elle et elle tremble. Tout en elle frissonne de ces appels rendus palpables par l'écho qui la transperce. Elle entend qu'elle est une sale petite qui cause à sa maman bien trop de tourment, et que si ça continue comme ça, elle va finir par la tuer. Est-ce cela qu'elle veut ? Tuer sa maman ?

Elle secoue la tête dans tous les sens pour évacuer ce souvenir. Poussé par la brise, l'insecte glisse à la surface de l'eau tantôt verte, tantôt grise selon les nuances du ciel. La voix de sa mère s'éloigne, mais des dizaines de *Lise* restent suspendus dans l'air.

Lise. Elle n'a jamais aimé son prénom. Elle ne l'a jamais entendu comme une promesse, un réconfort. Ça ne pouvait pas être Lise suivi de mots tendres ou de récompenses. C'était toujours Lise comme un appel, une secousse, une épée brandie dans l'air. Lise en forme de guerre déclarée, et elle allait au front, à la lutte contre cette Lise qu'elle transformait en Marie, Julie, Constance. Elle rêvait d'emprunter d'autres identités, troquer son nom de famille pour s'en trouver un plus commun. Durant, Moreau, Leroy. Elle voulait se fondre dans la masse. Elle était persuadée que Marie Leroy pouvait le faire plus facilement. Marie Leroy, vêtement à la mode, bonnes notes, parents à la sortie de l'école. Marie Leroy la solution.

À seize ans, elle devenait cette autre. Elle voulait aller loin, se dire : Je l'ai fait.

Elle marchait à pas réguliers sur le trottoir. C'était l'hiver. Il n'était pas tard, mais le soleil couché à 17 heures donnait une impression de nuit profonde. Habillée de noir, robe, collants, manteau et écharpe noirs, sa bouche rouge agissait comme un signal sur sa silhouette sombre. Ceux qui la croisaient dans la rue restaient médusés par ça : le cœur de ses lèvres carmin dans son visage pâle. La cadence militaire de ses talons sur le sol lui donnait confiance. Une force la poussait à agir. Elle était en mission. Elle y pensait depuis des jours. Des mains allaient l'attraper, ses soupirs se mêler à ceux d'un autre. Elle voulait que des doigts fouillent son corps, qu'un sexe cogne le sien. Elle rêvait de servir à quelque chose, à quelqu'un. Elle imaginait ses cuisses malaxées. Ses seins qu'elle avait petits devenir lourds. Elle fermait les yeux. On la triturait. Les tétons au niveau du nombril, la poitrine sur le ventre, elle était une plus épaisse, plus dense. Elle étouffait le visage d'un inconnu dans ses courbes. On allait la dévorer, se perdre dans sa chair. C'était ce qu'elle voulait.

Elle entrait dans un bar où la musique échappée du battement de la porte s'accordait parfaitement aux pulsations de son corps. À l'intérieur, des silhouettes se frôlaient sur des vibrations qu'elle avait senties à peine la main posée sur le comptoir. Le contraste de sa température intérieure avec celle du métal l'avait saisie. Elle s'était retrouvée mordue dans sa peur face à une foule indifférente à sa surprise. Le regard vide, la bouche comme un phare, elle s'installait sur un tabouret, la hanche gauche légèrement plus haute que la droite, les fesses offertes en arrière, la posture en accord avec l'intention. Sans hésiter, elle commandait le premier cocktail aperçu sur la carte, contenait ses gestes pour qu'ils ne trahissent rien de son inexpérience. Personne ne devait soupçonner l'état proche de l'étouffement dans lequel elle se trouvait. Un homme vêtu d'une veste de cuir râpée au col et aux coudes l'observait.

Ses cheveux plaqués en arrière découvraient sa nuque hérissée de poils et, par endroit, sa peau qu'elle devinait violette. Il la dégoûtait. Il ne pouvait pas faire l'affaire. Elle reprenait sa quête, son verre à la main comme une arme. Elle empoignait le manche d'un couteau, la crosse d'un révolver. Ses phalanges arrondies sur le verre décuplaient son désir de toucher, son envie de l'être. Dans l'atmosphère ouatée, un torse large se collait à son dos. Un parfum d'ambre et de cèdre, l'empreinte d'un gel douche bon marché pénétrait ses narines. L'homme voulait connaître son prénom. Elle laissait filer quelques secondes avant d'articuler dans un sourire crypté : *Marie*. Il parlait, elle ne l'entendait pas. Son cœur battait à une cadence alarmante. Elle craignait qu'il ne s'en aperçoive une fois plaquée contre le mur du couloir, là où, sans attendre, il fourrait sa langue dans sa bouche pour la goûter, s'assurer qu'ils pouvaient poursuivre leur chemin ensemble. Il était direct, froid, minéral. Lise montait dans sa voiture sans se souvenir de la manière dont il l'avait entraînée à travers le bar, puis dans la rue, et jusque sur le siège avant du véhicule. Il accélérait, freinait, accélérait. Son sang à elle fusait à la vitesse de la lumière des réverbères. Ils s'engouffraient dans un parking. Ça aurait pu être n'importe quel parking, n'importe quel immeuble, n'importe qui. Il la propulsait dans l'escalier, lui devant elle, elle à sa merci. Dans l'obscurité, seul le voyant vert de la sortie de secours lui permettait d'apercevoir la volée de marches qui l'attendait. Il déroulait leur course, quand, d'une seconde à l'autre, il la renversait contre la rampe. Ça ne pouvait pas attendre. Elle basculait. Collants arrachés, fesses nues sur la poussière. Il la pénétrait. « Ne dis rien s'il te plaît. » C'était important, il le répétait : « Tais-toi. » Mouvements vifs. De plus en plus rapides. Dernier râle. Il explosait en elle.

Avant de rencontrer Stéphane, Lise avait connu beaucoup d'hommes. Des histoires d'un soir, d'une heure, de plusieurs mois. Il fallait remplir une place. Elle ne supportait pas de rester seule. C'était toujours transitoire. Quand une aventure s'arrêtait avec l'un, elle enchaînait avec l'autre. Ça s'imposait à elle. Un abandon. Il y avait ceux dont elle ne tombait pas amoureuse mais dont elle espérait le désir. Ceux qui l'aimaient plus qu'ils ne s'aimaient eux-mêmes. Ils finissaient par devenir amers, lui demandant si elle se rendait compte de tout ce qu'ils faisaient pour elle. Les bouquets des fleurs, les restaurants, les cadeaux, les week-ends à la mer. Était-ce sa façon de les remercier ? Et puis il y avait les hommes mariés qui lui assuraient que c'était la première fois qu'ils trompaient leur femme. Ils ne comprenaient pas ce qu'il leur arrivait. Et ceux qui, au contraire, assumaient, et trouvaient Lise incroyablement mature pour son âge de le comprendre. Elle était gratifiée d'être différente, vraiment pas comme les autres. Elle mentirait si elle disait qu'une part d'elle n'en était pas flattée. Elle enchaînait avec des amours de vacances, des hommes de passage à qui il ne fallait surtout pas s'attacher et à qui elle s'attachait inévitablement. Des serveurs dans des bars, des bars où elle ne pouvait plus mettre les pieds. Des amis d'amis qu'elle n'avait croisés qu'une fois et dont elle ne se souvenait pas, mais eux, si. Des inconnus à la laverie, au parc, dans le métro, des inconnus qui, parfois, auraient dû le rester. Lise comptait les amants comme on compte les jours qui vous séparent d'un rendez-vous attendu. Elle les énumérait pour se rassurer, se convaincre qu'elle avait vécu. Elle s'imaginait plus tard, très vieille, bien heureuse d'avoir connu autant d'amants. Elle récitait les prénoms, les alignait dans sa mémoire par ordre chronologique, alphabétique, par ordre de taille, intensité d'amour ou de sexe. Souvent, elle les oubliait. Souvent, quand elle repensait à cette époque, elle finissait par repenser à Pablo. Le grand amour de ses 20 ans. Ce matin où elle l'avait rencontré le premier jour de son nouveau travail. Elle s'en souvenait si bien qu'elle se rappelait même la manière dont elle était habillée : pantalon large qui ne mettait pas ses fesses en valeur, pull gris sans forme où s'évanouissait sa féminité et bottines au tout petit talon pour être certaine de ne pas avoir mal aux pieds. L'essentiel était d'être à l'aise, se convainquait-elle en se regardant pas très jolie dans le miroir. Ça frappait fort dans sa poitrine. Elle cherchait quoi déjà ? Le 223 rue Fontaine. « Vous ne pouvez pas le rater, c'est un grand bâtiment en briques rouges, un peu comme un hangar ou une usine désaffectée », lui avait expliqué par téléphone la personne avec qui elle avait rendez-vous. Et c'était vrai, il fallait être aveugle pour rater ce blockhaus. Elle s'en approchait avec une frousse mordante. Il faisait cinquante degrés sous son pull, ses phalanges tremblaient, c'était la panique dans ses veines. Face à une fille pleine de manières et de bracelets qui s'entrechoquaient, sa gorge sèche s'était tarie davantage. Elle lui offrait une entrée en matière difficile. Elle devait voir à sa tête qu'elle était paniquée, et tentait de la mettre à l'aise en lui proposant de la tutoyer. Entre deux mastications appuyées de chewing-gum, elle lui faisait signe de lui emboîter le pas. Toute à son affaire, la fille débitait des informations impossibles à capter, et ce qu'elle était censée retenir se perdait dans l'enfilade de bureaux qu'elles traversaient, avec à droite tel service, à gauche tel autre, ici son bureau, et dans le fond, tout au bout là-bas, la direction. Elle signerait son contrat plus tard, pour l'instant la responsable n'était pas là. La liane mâcheuse de chewing-gum était repartie sur ses chevilles si frêles et ses talons si hauts que l'ensemble ressemblait à une sinusoïde tremblante sur l'écran d'un oscilloscope. Ce qui allait se passer ensuite, il lui faudrait du temps pour se convaincre que ça avait bien eu lieu, qu'elle ne l'avait pas inventé pour se réconforter de sa gêne dans ses vêtements trop amples, son corps mal à sa place. Installée là où on le lui avait demandé, elle avait vu Pablo pour la première fois. Assis sur son bureau, une jambe en appui sur le sol, l'autre balancée dans le vide, il déroulait les questions pour connaître son prénom, ce qu'elle faisait, d'où elle venait. Il répétait les premières syllabes de presque tous les mots au moins deux ou trois fois. Un bafouillis qui contrastait, c'en était surprenant, avec son allure confiante et ses yeux noirs qui frappaient droit dans les siens. À sa place, elle aurait été morte de trouille de l'ouvrir, lui, non. Il se jetait à l'eau parce qu'il en avait envie, et, surtout, parce que quelque chose qu'elle ignorait encore s'était produit quelques minutes plus tôt à la cafétaria, dans une pièce où elle se croyait seule. Elle l'apprendrait plus tard, quand il lui en ferait la confidence. Il lui dirait qu'à quelques mètres d'elle, il l'avait observée, épiée, dévisagée, et qu'il avait tout aimé. Il lui parlerait de ses cheveux remontés sur le haut de son crâne en queue de cheval. Sa clavicule osseuse, son grain de beauté déposé au-dessus de la lèvre. Il lui avouerait qu'il ne l'avait pas seulement trouvée belle, mais que ce qu'il avait remarqué en elle, il ne l'avait jamais vu chez personne. La danse de ses doigts dans l'air, ses phalanges reposées sur ses joues, son cou gonflé de peurs. Il lui murmurerait tout près de l'oreille, ses yeux à quelques centimètres des siens, qu'il avait eu aussitôt envie de l'aimer, savoir qui était cette fille qui n'avait aucune idée du ravage qu'elle venait de provoquer en lui, et diable, que c'était bon cette secousse. Bon et violent à la fois.

Qu'aurait-il pensé d'elle, hier soir, dans son tourbillon d'alcool ? Aurait-il aimé cette femme-là ? Elle ignore sa vie désormais. Elle l'imagine parfois, père, amant, heureux. Elle a cru l'apercevoir l'autre jour. Elle avançait sur le trottoir. Un homme promenait son enfant dans une poussette de l'autre côté de la rue. Elle l'avait croisé une fraction de seconde. Ils étaient loin l'un de l'autre, séparés par le passage des voitures entre leurs deux trajectoires inversées. Lise pensait avoir reconnu ses cheveux, sa barbe mal entretenue. Elle avait continué de marcher, chassant cette idée de son esprit, se convainquant que Pablo ne pouvait pas se balader avec son enfant dans ce quartier bourgeois qu'il n'aimait pas. Mais plus elle avançait, plus elle lui trouvait des excuses d'être là. Une visite chez un pédiatre, une course à effectuer dans l'épicerie fine située à deux pas d'ici. Qui sait ? Pablo venait peut-être rendre visite à un ami ou il était simplement là parce que ses pas l'y avaient guidé. Lui fallait-il forcément une excuse pour marcher au même endroit qu'elle, à quelques mètres d'elle, dans la direction opposée ? Et si ce n'était pas lui après tout ? Avait-elle mal vu ? En tout cas, elle l'avait manqué. Venait-elle de rater sa dernière chance de le revoir ? Si elle rebroussait chemin maintenant et se mettait à courir, elle pourrait encore le retrouver. À cette pensée, celle de pouvoir de nouveau observer sa peau, suivre le chemin de ses muscles sous ses vêtements, Lise avait regardé la rue qu'elle venait de monter et qu'elle allait redescendre. Oui, elle allait faire le chemin à l'envers, parce qu'elle ne voulait pas vivre avec ce doute, savoir si c'était ou non Pablo qui marchait dans son quartier. Et si l'enfant qu'il poussait devant lui, devant sa silhouette anonyme de Parisien pressé, était bien le sien, cet enfant qui n'était donc pas le leur, comme elle l'avait longtemps fantasmé, cet enfant de deux ans, trois tout au plus, comment pouvait-il s'appeler ? Elle imaginait des prénoms chauds, des prénoms de bord de mer et d'étés sans fin. *Julian*, *Adam*, *Diego.* Elle était presque certaine qu'il s'agissait d'un petit garçon installé dans la poussette croisée il y a quelques minutes et habillé d'un imperméable jaune.

Elle courait pour retrouver Pablo, et au fur et à mesure que défilait la rue qu'elle dévalait jambes par-dessus tête, elle compressait les années passées sans lui jusqu'à les faire tenir en un accordéon rétréci. Elle continuait de courir. Elle ne sentait plus son souffle dans sa gorge. Ses jambes filaient sur le trottoir. Elle courait, sans réfléchir, après le temps, occupée à raccommoder sa peine. Elle courait après une ombre, une silhouette qu'elle avait cru reconnaître et qu'elle ne retrouverait peut-être pas. Elle courait après les sermons de ses amis qui lui avaient conseillé à l'époque d'oublier Pablo, quand il avait quitté sa vie et qu'elle avait senti tout son univers se désagréger pour repartir dans son gouffre, son éternelle pénombre du côté des pleurs. Elle courait après ses cheveux longs qu'elle avait fait couper courts pour ne plus ressembler à celle que Pablo avait aimée. Elle courait à toute allure en faisant claquer très fort ses talons sur le trottoir. Elle courait en pensant rattraper Pablo, alors qu'elle savait parfaitement au fond d'elle qu'elle n'y arriverait pas, tout au plus pourrait-elle le rejoindre physiquement, mais ce qui le constituait, lui, profondément, ce qu'il était devenu, et surtout comment il l'était devenu, les chemins qu'il avait empruntés, les routes où il s'était perdu, abîmé, les moments où il avait souffert, tout ça lui échapperait pour toujours. Elle ne pourrait pas rattraper ce qu'il avait vu, vécu pendant ces années, ce temps qui lui semblait infini pendant lequel ils avaient été séparés. Elle ne rattraperait pas les chagrins, la perte d'êtres chers, les blessures creusées en lui et ses moyens de vivre avec. Elle ne pourrait pas rattraper son désir d'enfant, ces mois passés à attendre qu'il se loge dans le corps d'une femme qu'elle ne connaissait pas – ou la connaissait-elle ? L'avait-elle croisée quand elle lui avait rendu visite un soir par surprise ? –, sa joie d'apprendre que l'enfant se logeait enfin dans le ventre, son inquiétude de savoir s'il se portait bien, se développait comme il le fallait, sans tares ni maladies, sans que rien ne l'écarte de la société déjà si dure. Elle ne rattraperait pas la lueur dans ses yeux à la vue du petit découvrant ses mains, le soleil, le bruit de la machine à café, les basses de la musique traversant son ventre. Elle le savait. Tout ça était perdu. Perdu pour toujours. Pourtant, hors d'haleine, elle courait. Parce que depuis le jour, ou plutôt la nuit où elle l'avait vu la dernière fois, elle y avait si souvent pensé, parfois triste, parfois sombre, parfois solide, et elle s'était mille fois posé la question de savoir comment le retrouver. Alors, elle courait. Sans souffrir du point de côté qui contraignait son ventre, elle qui ne faisait jamais de sport. Elle courait en oubliant son corps. Elle flottait dans l'air jusqu'à apercevoir, de l'autre côté du boulevard, le blouson vert bouteille de celui qu'elle avait pris pour Pablo. Arrivée à hauteur de la poussette, elle riait de son erreur : Pablo n'aurait jamais porté ce genre de chaussures. Et qu'en savait-elle après tout ? N'avait-il pas été capable de lui mentir, de la tromper alors qu'elle pensait leur amour indéfectible ? Elle repensait à la fille dans l'entrebâillement de la porte, le soir où, après des jours passés sans nouvelles, elle s'était rendue chez lui. Elle était tombée nez à nez avec elle. Visage adorable. Cheveux de cuivre. Yeux immenses. Fossettes. Et sur les épaules, une chemise trop large pour elle. Une chemise d'homme. Ses seins lourds sous le tissu apparaissaient en légère transparence. Ils ballottaient au moindre mouvement. Lise sentait que son avenir s'évanouissait ainsi que meurent les croyances les plus fortes lorsqu'elles se cognent à la vie.

Dans le jardin éclairé par la lumière franche du matin, une fumée monte de terre en une masse qui tourbillonne et se fond aux nuages. Elle vibre et se tend, tout entière à cet instant. Elle ne fera plus jamais l'amour avec Pablo. Elle cherche sa main. Il disparaît. Son souvenir s'effrite. Au milieu des arbres, Lise s'emplit de l'odeur de sève. Elle trouve ça beau, le dessin de la nature sur le bois. Elle se souvient d'une époque où il lui suffisait d'estimer les choses belles pour que la joie la traverse. Le pistil ocre des lys de sa grand-mère, la reliure aux reflets moirés d'un livre de son père, les traînées pourpres d'un ciel d'été. Ces éléments lui reviennent même si ses pensées sont floues, les paysages mal dessinés. Ça ne suffit pas. Alors, ce n'est pas de souvenirs dont elle a besoin, elle voudrait qu'on la prévienne, un jour, l'enfance s'arrête. On a beau faire, éviter, contourner, se déporter, il faut bien que ça arrive. La vérité. Personne ne la met en garde. Pourquoi ses parents s'y frotteraient-ils ? Ne peut-on pas leur foutre la paix avec le chagrin ?

Lise avance dans le jardin, elle entend ses pas dans les feuilles, s'agrippe aux cordes d'une balançoire, donne de grands coups de reins pour aller de plus en plus haut. Ça lui fait du bien de bringuebaler son cœur dans sa poitrine. Elle le sent. Il n'est plus juste une petite boule de glaise que chacun peut malaxer à sa guise. Sur la planche de bois tout juste stable, dans le va-et-vient du mouvement, elle se débarrasse des mots sales qui s'accumulent : *Si tu penses que ça nous amuse, ta mère et moi, de travailler comme des forçats. À ton avis, comment on paye un si bel appartement ? Le stage de cheval et les cours de danse ? Tu crois que tous les enfants ont cette chance, Lise ? T'as demandé à tes copines ? Elles ont une nouvelle paire de baskets tous les mois tes copines ? Hé oh, Lise, tu me regardes quand je te parle ? Tiens-toi droite ! Non pas comme ça ! Comme ça, voilà ! Et puis, qu'est-ce que c'est que cette comédie pour le départ de maman ? C'est pour son travail. Combien de fois faudra-t-il te l'expliquer ? Son travail, nom de Dieu ! Tu n'es plus un bébé, arrête ta colère, t'es pas belle quand tu pleures !*

Le froid se plaque à ses joues. Son cœur traverse sa poitrine. Le vent cingle, infiltre sa bouche. Ses oreilles bourdonnent. Jambes tendues à l'horizontale, Lise fait corps avec l'espace. Elle aime cette solitude, ce retranchement. Sa sueur glisse sur les parties dénudées de son corps, ses mains, l'articulation de ses poignets, ses chevilles, sa peau plus blanche que d'habitude, presque transparente. Elle imagine son visage vidé de sa couleur. Elle se renverse. Ses cheveux frôlent le sol. Ils balayent les feuilles et les brindilles. Dans le va-et-vient du mouvement, des mèches de cheveux se prennent dans sa bouche. Elle les recrache dans un postillon mêlé de terre et de cailloux minuscules. Les éléments ne trouvent plus ni leur fonction ni leur place dans l'espace qui l'entoure. Même ses pieds ne semblent plus raccordés au reste de son corps. Elle saute de la balançoire et se met à courir. Elle court, et à chaque foulée ses lacets défaits manquent de la faire tomber. Le paysage dévale sous ses yeux. Le mouvement de ses seins s'accélère sous son pull. L'air est chargé d'une odeur de bois mouillé et de feu de cheminée qui s'imprègne dans ses narines, jusque dans sa gorge. Elle court de plus en plus vite, un liquide s'échappe de son corps. Il ne manquait plus que ça. Ça provient de son entrejambe. Ses cuisses sont à la fois chaudes et humides. Elle contracte tout ce qu'elle peut en elle, son ventre, son sexe. Le liquide coule toujours, exactement comme sur la plage de son enfance avec sa grand-mère.

Elle se revoit, le corps recroquevillé par la douleur, des crampes violentes dans l'abdomen. Il faut l'imaginer à douze ans, au mois de juillet, dans le refuge qu'elle a trouvé aux toilettes. Les yeux rivés sur la culotte tachée d'un liquide marron, elle ne comprend pas tout de suite. Ce n'est qu'en libérant quelques gouttes d'urine, au moment de voir s'échapper de son sexe un filet gluant et rouge vif cette fois, que son cerveau remet en ordre les pièces du puzzle. Elle pense : Pourquoi maintenant ? Ici ? À douze ans ? De l'autre côté de la porte, il y a sa grand-mère et ses phrases crues qu'elle ne veut pas entendre : « Mademoiselle avec ses grands airs fait la gueule ! Sors de là, on part à la plage dans cinq minutes. » Impossible. Ça traverse son esprit comme si ça lui était arrivé toute sa vie. Elle ne peut pas se mettre en maillot de bain. Lise se tait. Une fois sur le sable, elle a trop chaud, trop froid, elle préfère rester habillée. Elle doit acheter de quoi se protéger, mais sans argent, comment faire ? Et quel prétexte trouver pour aller seule dans un magasin ? Elle parle d'une envie de glace, de marcher sur la plage, d'aller voir si la jeep des sauveteurs a laissé une traînée, comme un chemin vers la mer ; n'importe quoi pourvu qu'elle puisse partir. Elle fonce au supermarché. Elle court et ça goutte le long de ses jambes. Elle ne peut rien retenir. Elle s'arrête de courir, sa grand-mère risque de se douter de quelque chose. Elle court de nouveau, le torrent repart de plus belle. Tic tac, tic tac dans sa tête. Elle prend n'importe quel produit quand, une énième fois, son vagin expulse ce qu'elle voudrait retenir. Tic tac, tic tac, tic tac. La glace maintenant. La glace surtout. Sinon, démasquée. De retour sur la plage, elle ne reconnaît rien, et surtout, elle ne retrouve pas sa grand-mère. Elle se remet à courir, ça coule encore. Elle court, ça coule partout. Dans son pantalon le liquide repoussant, sur ses doigts la glace dégoulinante. Du chocolat, du sang, du sable. Répugnant. Elle s'approche de l'eau, scrute une éventuelle baignade de sa grand-mère qui ne sait pas nager. Quand elles se retrouvent enfin face à face sur le seuil de l'appartement des vacances, ce qui lui saute aux yeux, ce n'est pas le feu noir du regard de sa grand-mère, mais la valise qu'elle tient à la main. Elle part. Elle la plante là. Ses parents sont prévenus, ils doivent venir la chercher.

Avoir peur de perdre un enfant sur la plage, qu'est-ce que ça veut dire ? Cette question qu'elle s'est longtemps posée. Qu'est-ce que ça veut dire dans sa vie, dans l'organisation de son monde, ses pensées, ses jours, dans la suite ordonnée de son temps ? Qu'est-ce que ça veut dire d'apprendre un jour, alors qu'on ne s'y attendait pas, que l'on n'est pas le seul enfant de ses parents, qu'avant soi, il y a eu une autre vie, une vie cachée, celle d'un enfant tu, d'un enfant tué ? Qu'est-ce que ça veut dire ?

Lise a 25 ans. Depuis l'enterrement de sa mère il y a deux ans, elle rend visite à sa grand-mère au moins une fois par semaine. Elle classe, range, paye les factures, répond aux cartes postales. Elle fait tout ce que sa grand-mère n'a jamais pu assumer seule et qui s'est encore aggravé depuis quelques mois. Lise ne prononce jamais le mot Alzheimer. Le médecin lui avait expliqué qu'un petit AVC s'était produit dans le cerveau de sa grand-mère et entraîné une chaîne de conséquences parmi lesquelles la perte de la mémoire immédiate. Comme si un bouchon de champagne avait sauté et que sa grand-mère en gardait une bosse indélébile, avait-il expliqué. C'était quand même bien mieux comme ça. Lise propose de faire une partie de ramis. Il faut entraîner son cerveau, huiler la mécanique. Le jeu de cartes est introuvable. Sa grand-mère fouille dans son secrétaire. Cet imposant bahut plein de tiroirs et de portes occupe presque toute sa pièce. Elle sort pêle-mêle des coupures de presse jaunies, de vieux bristols griffonnés d'adresses, des photos en noir et blanc. Au milieu de ce fatras, un seul cliché est en couleur, il attire son attention. Lise le saisit parce qu'il se distingue des autres. Elle n'est guidée par rien d'autre que sa curiosité. Sur la photo aux bords gondolés, elle reconnaît sa mère, les cheveux relevés en un chignon soigné. Son visage sage, sa coiffure étudiée contrastent avec le désordre du lit sur lequel elle est assise. Ses joues, exagérément roses, sont rehaussées d'un maquillage qu'elle devine appliqué à la hâte, sans doute pour le cliché. Ses yeux fatigués n'entament en rien sa fierté de tenir dans les bras un bébé enveloppé d'une couverture de laine blanche. L'épaisseur du tissu laisse à peine entrevoir le sommet du crâne de l'enfant et ses mains minuscules rassemblées sur le ventre. Derrière eux, son père, le visage à moitié caché par sa femme, habillé d'un costume, lui aussi, semble s'être apprêté pour la photo. Lise ne reconnaît pas la chambre où ils sont installés. L'imposante tête de lit ne lui dit rien. Elle ne se rappelle pas non plus l'existence de ce plaid de soie couleur safran. Même les visages de ses parents lui semblent étrangers. Est-ce l'expression de leur sourire ? L'harmonie de leurs traits ? Bien sûr, ils sont plus jeunes, mais ce n'est pas seulement une question de rides ou d'années. Elle devine sur leur peau une lueur, un grain inconnu. Le cliché entre les mains, Lise observe le blanc sale du mur, la cravate rayée de son père, le nœud épais noué à sa gorge, la lampe éteinte à leur côté. Elle cherche des indices. Il n'y a au dos du papier aucune indication ni de date ni de lieu.

Le récit qui va suivre, Lise aurait pu ne jamais l'entendre, passer toute sa vie à côté du vide de son existence, ne pas connaître l'absence projetée sur ses jours. Sa grand-mère la délivre. A-t-elle consciemment ou inconsciemment laissé échapper la photo ? S'inquiète-t-elle de sa mémoire qui se dérobe ? Sous la tempête de son crâne, elle s'organise. Elle sait la salve assassine qu'elle va déverser. Mais il le faut. Pour Lise. Depuis que ses parents sont partis, sa grand-mère est la seule à pouvoir la délivrer. Il est temps de lui raconter toute l'histoire, ce 19 novembre 1979, quelques mois avant sa naissance.

Son père et sa mère se promènent sur la plage et ils ne sont pas seuls. Pause. Une petite fille les accompagne. Nouvelle pause. Blanc. Deux secondes, trois, un temps infini dont Lise pense ne jamais sortir. Sa grand-mère poursuit la rafale, courte, rapide, celle que l'on inflige aux presque morts déjà à terre pour s'assurer qu'ils ne bougeront plus, *LEUR petite fille*. La suite, Lise n'est pas sûre de l'entendre. À cause du vrombissement des pleurs, la sirène d'alarme dans sa tête, l'histoire sidérante de sa grand-mère, l'histoire volée de sa vie. Son histoire. Dans quel ordre ? Avec quelle respiration ? Quel tempo ? Les mots claquent en elle comme des ballons. Sa grand-mère prend son temps. Sort de sa bouche une musique en sourdine. Parfois, elle s'arrête pour vérifier que Lise encaisse le choc. Un bref regard du plancher à ses yeux pour s'assurer qu'elle se tient toujours là, sur la chaise, bien droite, la gentille petite Lise qui écoute sans broncher. Il n'y a pas de main tendue entre elles. Sa grand-mère ne se lève pas pour étreindre sa petite-fille, lui caresser la joue, recueillir son menton, la naissance de son cou dans le creux de sa paume. Elle ne lui offre pas ce baiser qui voudrait dire qu'elle peut hurler, sa tendresse épongera sa colère. Non, rien de tout ça. Chacune reste sur sa chaise, avec, au milieu, leur monument aux morts. La pièce prête à sauter.

Lise reçoit les mots les uns après les autres, les images en accéléré. Elle apprend qu'une enfant, qui était donc sa sœur, mais qui ne l'a jamais été – c'est pourquoi elle continue de dire une enfant parce que cette petite fille est pour elle impossible, inconcevable –, s'est noyée à quelques mètres de ses parents qui n'ont rien pu faire pour la sauver.

La police avait rejoint son père et sa mère sur le parking derrière la plage. Ce n'était pas eux qui avaient appelé les renforts, bien qu'à cet instant, ils auraient accepté n'importe quelle main tendue pour leur venir en aide. Les pompiers avaient fait leur travail. Noyade, accident, enquête, police. Mais ces mains-là n'étaient en rien un secours, tout l'inverse. Il fallait répondre aux suspicions, aux regards mêlés d'horreur et de jugement d'un homme et d'une femme en uniforme qui leur demandaient s'ils étaient en état de conduire. Ses parents n'étaient en état de rien, pas même de répondre. Deux morts-vivants sur le parking, mais ils se surprenaient à rester debout. En état de conduire ? Les policiers insistaient pour savoir, ils pouvaient les prendre dans leur voiture, les ramener plus tard au parking. « Surtout pour vous, madame ». L'homme en uniforme répétait : « dans votre état ». Sa mère ne comprenait pas pourquoi son état à elle plutôt que celui de son mari. Il s'abattait sur eux le même cataclysme, le même enfer, le même putain d'enfer de cinglés. Elle restait muette, son ventre aussi. Figé. Le bébé à l'intérieur suspendu. À cet instant, il n'existait plus. Elle ne pouvait concevoir aucun avenir, aucun après, aucun *et maintenant ?* Alors, quel bébé ? Son mari allait conduire. Au moment de partir, de s'éloigner encore un peu plus de la plage, il regardait la dune culminer dans le rétroviseur, là où il avait vu sa fille pour la dernière fois. Les mains sur le volant, il sentait des verrous encercler ses poignets. Il n'arrêtait pas d'essayer de parler, sans qu'aucun son ne sorte de sa bouche. Le gyrophare de police devant eux s'était mis à diffuser sa lumière froide, ils le suivaient. Son père conduisait penché, le dos décollé du siège, le nez à quelques centimètres du pare-brise. Ratatiné de douleur, il ne roulait pas droit. À l'arrière, le siège-auto, vide. L'un des jouets accrochés à l'appui-tête du fauteuil produisait au moindre impact dans la chaussée un couinement que ses parents n'entendaient jamais en temps normal, mais qui, dans le contexte, leur enfonçait des glaives dans la poitrine.

Le commissariat était sordide, situé dans une zone industrielle isolée sans aucune habitation alentour. Les deux policiers qui les avaient conduits jusque-là disparaissaient. Un autre homme, sorti des ténèbres, prenait le relais. Il les accompagnait dans une pièce à part. Le silence, l'atmosphère oppressante, un mur gris où étaient punaisées deux reproductions de Matisse, chacune déchirée aux angles, contrastaient avec les larges fauteuils usés mais confortables qui leur faisaient face. L'homme en question, entre deux âges, se présentait comme le commissaire Patrick D. Il leur faisait signe de s'asseoir. La poignée de mains qu'il leur tendait leur inspirait confiance, ses premiers mots aussi. Il leur promettait de faire tout son possible pour retrouver le corps de leur fille, il savait combien c'était important. Il continuait de sa voix calme, à hauteur de la sympathie et du réconfort qu'il voulait leur transmettre. Il ne les quittait pas des yeux. À cette heure, un hélicoptère était en train de survoler la zone, deux bateaux avaient été envoyés sur place avec des équipes cynophiles. Cela ne signifiait pas qu'ils allaient retrouver l'enfant, mais qu'ils feraient tout ce qui était en leur pouvoir pour y parvenir. Sa mère le fixait. Elle ne se dérobait pas. Elle imaginait ce qu'il pensait d'elle. Comment avait-elle pu ? Quelle mère pouvait lâcher la main de sa fille sur une plage sans le surveiller ? Elle passait outre sa honte et son indignité. Coriace. Elle cherchait dans son regard des signes de sa promesse, la confirmation qu'il avait bien compris ce qui était un jeu, même s'il ne le pouvait pas, même s'il avait murmuré à voix basse et investie « Je suis désolé, madame, je comprends à quel point c'est important pour vous », mais c'était faux, il ne pouvait pas comprendre, personne ne pouvait même entrevoir la douleur qui vous transperce de perdre un enfant dont on ne retrouve pas le corps, à quel point le poison est lent à se répandre. Une maladie des os de verre. Plus aucun collagène dans les fibres, les tissus, le corps atrophié, mais l'esprit parfaitement préservé, le cerveau intact pour voir ce grand désordre, cet immense raz-de-marée. Alors non, D. ne pouvait pas comprendre, et bien qu'il ait été son dernier espoir de revoir sa fille – même morte, diaphane, bleue, plus du tout sa fille, mais la revoir quand même, la serrer une dernière fois contre elle –, sa mère s'était rapidement mise à le considérer comme un ennemi. Dès qu'il lui faisait face, elle ne pouvait pas s'empêcher de penser qu'elle et son horrible histoire fournissaient une occasion rare à sa carrière de prendre un peu de relief. Elle l'imaginait en parler à ses collègues, ses amis, le soir peut-être à sa femme, lui révéler les derniers rebondissements de l'affaire, celle dont tout le monde parlait dans la région et qui faisait chaque jour, depuis qu'elle avait eu lieu, l'objet d'un article dans le bulletin local. Non, D. ne pouvait pas comprendre. Il ne pouvait pas concevoir que le temps n'y pourrait rien, que les jours passés n'estomperaient pas la douleur, ce serait même de pire en pire, de plus en plus noir. Le temps à venir était un temps volé que l'enfant ne vivrait pas. Une erreur de la nature. Personne ne pouvait comprendre. Il n'y avait rien à comprendre.

Ses parents ont revu le commissaire D. dix jours plus tard. Ils étaient installés dans la même pièce, devant les mêmes reproductions abîmées de Matisse. D. avait apporté du thé et du café dont ils ne voulaient pas. La nausée montait. Quand D. a desserré les lèvres, ses yeux ont commencé à trahir son échec. Ses parents ne s'attendaient pas à un miracle, maintenant, ils savaient. Les recherches n'avaient rien donné. Ils avaient dû les interrompre. Trop cher, plus aucun espoir de retrouver le corps. Sa mère foudroyait D., son corps fluet, son visage si mince qui, paradoxalement à cet instant, prenait tout l'espace face à elle. Elle lui bombardait sa colère monstrueuse, sa haine presque contre nature. Il poursuivait. Il y était préparé. Il avait transmis son rapport au procureur de la République qui avait établi le certificat de décès. Sur le papier, était écrit en toutes lettres : « Le dix-neuf novembre mille neuf cent soixante-dix-neuf, à onze heures trente, est décédée Juliette B. » Comment avaient-ils pu décider d'une heure ? Sa mère n'avait pas vu sa fille partir, pas pu lui dire au revoir, mais eux avaient décrété l'heure précise où elle avait cessé de respirer. Sa mère continuait de dire l'heure précise de sa disparition, et ce n'était pas un euphémisme, pas un pansement ni une consolation pour ne pas dire que Juliette était morte. Juliette avait disparu au sens propre du terme. Elle avait monté la dune, s'était mise à courir. Ils s'étaient assis, et en quelques secondes, Juliette s'était éclipsée dans la mer, son tombeau quelque part dans les flots.

Lise prend des coups de hache. Elle pâlit, se dérègle. Ses souvenirs se défont. Quels souvenirs ? Tout est faux, à revoir, sa vie en toc. La vérité, censée lever le brouillard, l'épaissit. Le récit de sa grand-mère creuse en elle un gouffre dans lequel elle n'en finit pas de tomber. Elle apprend pourquoi il n'y a pas eu de tombe, pas de cimetière, pas de croix. On a parlé à ses parents d'un caveau vide pour le symbole, pas vraiment vide d'ailleurs, remplis de souvenirs, de vêtements, de peluches. Sa mère avait trouvé ça écœurant, de très mauvais goût. Elle avait dit non, fermé les poings, avalé sa douleur, fabriqué l'armure autour de la vie qu'elle portait. Lise dans le ventre. La vie et la mort ensemble. La vie et la mort mêlées. La folie. La réalité absurde, sidérante. La vie malgré tout. Lise qui bouge et se manifeste. Une autre vie à écrire, ses parents obligés à toute allure de se déporter de ce qu'ils viennent de perdre, l'autre vie, la vie de la morte, pour se consacrer à celle qui pousse, la vie qui va sortir, elle, Lise. C'est pour elle qu'ils se sont tus. Elle ne doit pas leur en vouloir. Ils ont noirci des frontières, érigé des montagnes, se sont collés aux lèvres une bouderie de monstre pour la laisser naître en pleine guerre civile en souffrant le moins possible.

Aurait-il existé une juste dose pour que Lise puisse supporter le passé, se ramasser, comprendre ? Elle est cernée par une ronde d'enfants. Un cercle invisible autour d'elle. Ils tressent leur bras devant sa chaise. Dans le sifflement de leurs voix, elle perçoit les pleurs. Enfin, elle comprend. La douleur de l'absente à ses oreilles. Les pleurs de sa mère, c'est bon, elle y est.

Dans son entourage, personne ne connaît son secret, sauf Stéphane. Quand elle le lui a confié, elle s'est aliénée à lui. Il porte ce qu'elle a de plus cher, le souvenir de ce qu'elle a perdu. Elle ne supporterait pas de se voir amputer à nouveau.

Lise s'appuie si fort à la barrière dans le fond du jardin que des picotements gagnent ses paumes. De là où elle se tient, elle aperçoit la piscine, repense à l'insecte, au petit corps brassé par l'eau. Elle songe à tout ce qui ne la quittera jamais, où qu'elle aille, le petit corps viendra la visiter. Elle frissonne. Le ciel s'est alourdi, la lumière se replie à intervalles de plus en plus réguliers. Il ne fait plus si bon. Dans sa main rouge, l'empreinte du froid. Lise doit rejoindre la maison pour trouver de quoi se protéger. Elle resserre le pas, ses yeux ronds portent son regard fixe. Dans l'air chargé de parfums de campagne, humus, fougère, fumier, elle dépiaute les écorces accrochées à un bout de bois. Elle aime ce geste, les bruits de déchirure qu'il produit. Quand elle arrive devant la chambre, elle ne tient plus qu'une tige molle. Elle s'en débarrasse dans un geste ample, pousse la baie vitrée, s'allonge sur le lit. Le plafond lui paraît encore plus bas que tout à l'heure. Un sentiment d'écrasement. Elle rabat le cadre posé sur la commode vieillotte face à elle, fait des mouvements saccadés, ouvre un tiroir à l'aide d'une petite clé plate et dorée enfoncée dans la serrure. À l'intérieur, des serviettes de table blanches en coton grossier. Elles sentent un mélange d'humidité et d'encaustique. Elle s'empare de l'une d'elles pour nettoyer ses chaussures, et s'aperçoit en effectuant ce geste, voulant en faire de même pour les baskets de son mari et de sa fille, que leurs chaussures ont disparu. Elles ne sont pas non plus dans la cuisine où elle s'installe pour prendre un café. Au sol, près de la poubelle, les bouteilles vides de la veille. Boira-t-elle encore ce soir ? Restera-t-il de la place pour de l'alcool dans son sang ? Elle y pense déjà. Elle y pense dès qu'elle se réveille et qu'elle entend le vrombissement des pleurs dans sa tête. Elle y pense toujours. Comment trouver le moyen d'éteindre les pleurs ? Un nuage de buée se colle à la fenêtre. Elle n'aperçoit rien au-dehors, personne à l'intérieur, mais dans le flot de l'eau tombée sur l'inox, elle entend les pleurs la bombarder. La pression du jet les amplifie. *Brrrrrrrrr* et *pouaaaaaaaaa* et *houuuuuuuuu*, les pleurs tout autour d'elle.

Sur la table, pas de mot pour elle bien en évidence, comme son mari lui en laisse souvent quand elle se lève tard et qu'il est déjà parti avec Justine au marché, au parc, faire leur vie. Où est Stéphane ? Où a-t-il bien pu emmener leur fille ? Et si après tant d'années, presque dix, à la relever, l'épauler, lui faire croire, se convaincre lui-même, si on veut, on peut, surmonter les pleurs, dépasser la folie, l'enfance, la plage, le bruit des vagues, et si Stéphane ne revenait pas ? Peine perdue. Au réveil, il la découvre lointaine, hagarde, pleine de son amertume dont il connaît parfaitement la cause. Chaque jour, il la voit. Elle lui sourit de la même façon. Le matin ils se lèvent, produisent des gestes qu'ils finissent par ne plus remarquer. Des années que ça dure. Et s'il avait décidé de partir ? Peut-être était-il en train de l'expliquer à leurs amis, décrire son épuisement, sa peur pour leur fille d'être condamnée, comme l'est sa mère, à une vie empêchée. Alors, il protège Justine, s'enfuit avec elle, mais n'a pas le courage de se confronter à sa femme pour le lui expliquer. Il charge ses amis de l'installer là où ça leur semblera le mieux, prendre ses mains, lui parler à voix basse et mesurée ; il les supplie d'agir pour lui comme une procuration. Il se dérobe. Face à eux, elle saura se contenir, se préparer à affronter un divorce qui lui rappellera forcément celui de ses parents, et Lise, entortillée dans sa peine, se répétera que la vie est un cycle. Ce qu'elle redoute la poursuivra toujours.

Elle a 10 ans. Depuis des années, elle sait que ses parents ne vieilliront pas ensemble. Ils ont leur vie chacun de leur côté, même s'ils partagent le même appartement, le même nom écrit sur la boîte aux lettres. Ils réservent leurs vacances au Portugal chaque année, la même maison, la même quinzaine d'août. Ils organisent des repères. Les week-ends à la campagne, l'abonnement à la salle de sport, les cours de tennis pour son père, l'initiation au yoga pour sa mère. Lise attend que ça passe. Un jour, elle le sait, un mot ira trop loin, un regard deviendra inexcusable. Quel sera ce point de non-retour ? Il faut attendre. Combien de disputes, combien de cataclysmes ? La parole malheureuse finit par tomber, arrivée à bas bruit, et à la pire des dates, un 24 décembre. Comme tous les parents mal organisés, les siens attendent le dernier moment pour choisir les cadeaux qui manquent à la fête. La suite, Lise l'imagine. Les magasins, la foule, son père ça l'emmerde. Alors vite vite, deux trois babioles choisies au hasard et qui feront très bien l'affaire. Et après, quoi ? Une conversation à la fois glauque et grandiose. Ses parents entrent dans un café, s'assoient l'un en face de l'autre. Ils s'observent, légers, rapides. Un truc un peu pompeux de film à l'eau de rose. Son père, regard dans le vide. La totale.

— À quoi tu penses ? demande sa mère.

— Je ne sais pas, plein de choses.

— Eh bien, vas-y, dis-moi.

— Non, je ne sais pas.

— Mais enfin, dis-moi !

— Eh bien, je me demande si tu repenses encore à Juliette. Quand je vois toutes ces familles réunies pour les fêtes, je me dis que forcément, quelque part, même très loin enfoui en toi, elle doit te manquer et que tu dois y penser. Hein ? Elle te manque ? Est-ce qu'elle te manque ? J'y pense tous les jours, moi, partout, tout le temps. Parfois il y a une raison, un signe, un souvenir, parfois, il n'y en a pas. Parfois, je me dis que ça ne s'arrêtera jamais, que je préférerais en finir. Un jour d'ailleurs, j'ai failli le faire. T'étais loin, je ne sais plus quand, je pourrais même pas te dire où, j'ai appelé une baby-sitter pour garder Lise et je suis sorti. J'ai bu sans m'arrêter. Au volant, je continuais à boire, je vois encore la bouteille de whisky sur le siège à côté de moi. Je ne sais même pas comment je suis rentré, j'me souviens juste que Lise m'a réveillé et qu'on a loupé l'école.

— Arrête s'il te plaît, arrête.

— Non j'peux pas m'arrêter cette fois. Je peux pas parce que ça fait dix ans que je m'arrête, et que tout à l'heure en traversant la terrasse pour entrer ici, une mère a hurlé *Juliette* sur sa fille, tu l'as entendue ? Juliette ? Je ne sais pas depuis combien de temps j'ai pas prononcé ce prénom, que même de le lire j'en suis pas capable, et cette gonzesse-là, qui crie Juliette dans la rue comme si c'était facile, j'en crève tellement, moi, de gueuler Juliette. Je trouve un prétexte pour rire, mais deux secondes après je chiale comme une merde, et la colère de celle qui gueule Juliette sur sa fille, ben je voudrais la même moi aussi, j'voudrais qu'on en veuille à notre Juliette, tu comprends ? J'voudrais qu'on lui hurle dessus, mais j'peux pas, j'peux pas, et je suis tout seul avec ça, et j'voudrais savoir si t'y penses, toi aussi, à tout ça ? Est-ce que t'y penses, bordel, quand on hurle Juliette à la terrasse d'un café ? T'étais où y a dix ans ? Et t'es où maintenant ? Et Juliette elle est où aujourd'hui ?

Lise ignore tout de cette conversation. Son père lui apprendra plus tard. Il lui expliquera cet instant où le regard se ferme, le corps se rétrécit. L'envie de pleurer, de s'engloutir dans sa peine.

Ses parents rentrent dans l'appartement. Le bruit de clés tournées dans la serrure, les paquets jetés au sol, les pas pressés sur le parquet. Lise se réfugie sous son lit. Elle se dit qu'elle y sera bien au chaud, en sécurité. Dans sa cachette, elle entend tout. Surtout son père. Il s'exprime avec un drôle de débit comme s'il avait quelque chose dans la bouche, de la haine ou de la peine. Il bredouille *Ma fille, ma fille*, et puis, *Juliette*. Pour la première fois, Lise entend ce prénom, Juliette, murmuré par son père, à peine audible entre deux sanglots. *Juliette*, et à nouveau *Ma fille*. L'autre fille. Juliette ? Lise ne comprend pas. Les voix s'élèvent. Sa mère claque la porte et, d'un seul coup, explosent dans la pièce les mêmes cris de torture que ceux entendus deux ans auparavant à son retour de l'école. En une seconde, elle les reconnaît ces gémissements de bête remontés des tréfonds de sa mère, ces aigus proches de la folie. Les pleurs l'assaillent. Ses oreilles bourdonnent. Elle ne sent plus ses jambes recroquevillées sur la moquette, le poids du lit contre son dos, les traits de son visage tendus comme un arc. Lise ne contrôle rien. Sa respiration s'accélère. Dans sa tête, elle convoque des chansons gaies, des souvenirs de danse et de soleil. Son père continue. *Juliette, Juliette*. Juliette en boucle. Lise voudrait lacérer ce prénom, le griffer comme un petit chat fou qui s'acharne sur sa pelote de laine, sortir Juliette de la bouche de son père, jeter le prénom du quatrième étage. Juliette. Elle l'oubliera, ou plutôt, elle fera semblant de ne pas se souvenir, ne pas garder en mémoire *Juliette* étranglée dans un chagrin, un mystère qui, devant elle, ensevelit sa famille. Juliette. C'est fini. Il n'y aura pas de dîner de Noël, pas de bisou du bout des lèvres après un cadeau forcé. Envolée l'enfance. Les petits déjeuners à trois, son prénom écrit sur un bol. Perdu son combat mené pendant des années à consoler son père, ne pas décevoir sa mère. Elle rembobine le film pour le remettre à zéro, voir où Juliette apparaît. Comprendre les dégâts dans le cœur d'un père qui appelle Juliette. Juliette ne répond pas.

Est-ce que ça va encore lui arriver ? Flinguer ce qui reste ? Se punir d'être en vie ? Cette répétition inlassable de la douleur : voir partir ceux qu'elle aime. On vit pour soi. Si Stéphane la quitte, Lise sait qu'elle s'en remettra, aussi atroce sa souffrance soit-elle. Il lui faudra du temps, des amis, des chutes et des rechutes, mais elle y parviendra. Ce qui la rend dingue quand elle y pense, c'est que Stéphane puisse choisir de partir par sa faute. Si encore il partait pour une autre, ce serait banal. Elle finirait par se convaincre : c'est ainsi, les corps se lassent et Stéphane a eu envie d'une autre peau que la sienne. Mais là, Stéphane pourrait s'enfuir à cause d'elle, parce qu'elle n'a pas su faire face. Cette responsabilité lui est insupportable. Elle produit dans sa tête l'effet d'une bombe, comme si s'amalgamait en elle un bloc de refus et de colère. Non, cette fois, ce ne sera pas sa faute.

Elle repense à la musique très fort dans la voiture hier soir. Stéphane avait fait semblant de râler alors qu'elles chantaient à tue-tête avec Justine : « Mais vous êtes folles toutes les deux ! » Oui, sans doute, Lise est un peu folle, mais de cette folie douce qui l'a fait suivre Stéphane dans la rue il y a dix ans alors qu'elle ne le connaissait pas. De cette folie merveilleuse qui lui a fait imaginer, à la minute où il lui avait parlé la première fois, qu'il serait le père de ses enfants, même si c'était encore irrationnel quand elle se l'était dit la première fois, car rien ne pouvait lui permettre de penser, en un regard et quelques mots échangés, qu'elle lui avait plu, et surtout, qu'il en voulait, des enfants, des enfants avec elle. Peut-être en avait-il déjà et n'en désirait-il pas d'autres, ou n'en avait-il jamais voulu, et elle n'aurait rien pu faire pour le faire changer d'avis. Mais elle le savait. Sans rien connaître de son passé ni de son présent, elle était seulement certaine de son futur, il serait le père de ses enfants, et elle éprouvait l'envie subite de le dire à tout le monde. C'était absurde. À qui ? Elle continuait de se répéter : ils auraient des enfants ensemble. Elle l'avait vu dans ses yeux fixes, son sourire net. Stéphane en aurait la force. Cette force qui lui manquait, il l'aurait pour deux. Sa main la guiderait. Où est-elle sa main désormais ? Et la folie, même si elle l'aime, qui va la circonscrire ? lui dire : « Tout doux la folie, merci, mais pas plus. »

Elle doit essayer de retrouver Stéphane. Non pas lui courir après comme elle s'est épuisée à le faire avec d'autres par le passé. La course pour la course. La course sans ligne d'arrivée. Avec Stéphane, elle a trouvé. Est-ce qu'elle lui a déjà avoué les yeux dans les yeux, offert un « Je t'aime » qui voudrait dire : Merci, je n'ai plus peur grâce à toi, excuse-moi pour hier soir. Je ne sais pas ce qui m'a pris, ce que j'ai été chercher, enfin si, je sais. Les dernières heures ont été tellement particulières. Crois-moi, Stéphane, j'ai vu Juliette dans le jardin tout à l'heure à côté de la piscine. Tu savais, toi, qu'il y avait une piscine dans le jardin ? Juliette était là, je pouvais voir ses yeux, sentir son odeur, la serrer contre moi ; c'est fou, je sais, c'est complètement absurde, mais dis-moi, est-ce que tu me crois ? J'ai aussi entendu les voix de mes parents, mon prénom distinctement dans la bouche de ma mère, ma famille réunie comme elle ne l'a jamais été autour de ma sœur. Ma sœur, tu entends ? Pour la première fois, je suis capable de sortir ce mot de ma bouche sans qu'il me brûle. Ma sœur. Je l'ai vue, ça n'a duré qu'une fraction de secondes, plus de temps que je n'en aurais jamais connu toute ma vie avec elle. J'ai l'impression d'avoir pu lui dire au revoir et, je ne sais pas pourquoi, au moment de la quitter, tu sais à quoi j'ai pensé ? Notre rencontre dans la rue et mon envie d'avoir des enfants avec toi. Regarde, on n'a pas terminé, il nous en faut d'autres des enfants. Offrir un frère ou une sœur à Justine, Lise sait ce que cela signifie dans son histoire, avoir un deuxième enfant. À cet instant, sans qu'elle puisse les contrôler, de grosses larmes roulent sur son visage. Elle ne les a pas senties monter en elle. Sa bouche n'a pas tremblé. Elle n'a perçu dans son corps aucun signe avant-coureur pour s'y préparer, mais elles sont là. Des larmes continues. Elle a l'impression que l'eau s'échappe de tous ses pores. Un torrent fou. Un jaillissement. Elle se regarde dans le miroir et ça coule des rivières sur ses joues. Elle voit ses larmes de 6 ans, dans la maison de campagne avec ses parents, parce qu'elle ne trouve pas le sommeil dans la grande chambre et elle a peur. Ses larmes de 9 ans, au retour de l'école, et sa mère en furie dans l'appartement. Ses larmes de 10 ans, ce matin de décembre où ses parents lui ont annoncé leur divorce, cette impression que son cœur avait changé de côté. Ses larmes de 12 ans, sur la plage au moment des règles et la vie qui bascule. Ses autres larmes, peut-être la même année, quand à l'école le surveillant dont elle était secrètement amoureuse était reparti un soir au bras d'une fille immense. Ses larmes, elle ne savait plus à quel âge, pour la rentrée des classes. Son père avait oublié son cartable à la boulangerie et elle s'était retrouvée seule sur le trottoir à devoir supporter les regards des autres enfants comme il faut, pensait-elle. Ses larmes au résultat du bac quand devant son absence de mention sa mère avait trouvé ça « dommage » et elle était restée en boucle pendant des semaines à répéter « Dommage ». Dès qu'elle avait une minute pour y penser elle ressassait : DOMMAGE, DOMMAGE. Lise pleure encore pour celle qu'elle était à 16 ans et qui avait fait croire à son père qu'elle allait dormir chez une amie un samedi soir, alors qu'elle s'était retrouvée dans la voiture d'un inconnu, bringuebalée comme une poupée de chiffon. Elle pleure à l'annonce du cancer de son père, à l'enterrement de ses parents. Enfin, elle pleure sur leur tombe. Elle pleure pour toutes les Lise qui se sont tues, noyées à leur manière dans des larmes qu'elles n'ont pas su verser. Elle se vide, mais en même temps, elle rit. Partout dans son corps des pulsations s'éveillent. Comment est-ce possible de brûler autant de l'intérieur et en même temps de ressentir de la joie ? Elle éprouve une sensation si légère, elle qui a pensé toutes ces années que cela ne lui arriverait plus jamais : pleurer. C'est soudain vivant à l'intérieur. Ça bout. Elle s'anime et rit de plus belle. Elle a besoin d'air, ouvre la fenêtre pour sentir la caresse du vent sur sa peau, quand soudain elle entend :

« Toc-toc-toc, qui est là ? Monsieur pouce ? Êtes-vous là ? ». C'est bien la voix de sa fille.

— Maman !

— Justine !

— Mais pourquoi tu pleures ?

— Pour rien, des bêtises.

— Tu as fait quoi ?

— Je me suis reposée.

— Mais c'est pas la nuit !

Stéphane se tient à ses côtés avec ce regard qui veut dire : Mon Dieu, mais Lise, tu pleures ! C'est merveilleux ! Viens, installe-toi sur le canapé et raconte-moi comment est-ce arrivé. Mais Stéphane ne dit rien. Il comprend et demeure ainsi dans le silence. Lise est soulagée de se taire au moins quelques minutes. Il doit y avoir leurs amis à côté, la gêne de ne pas savoir quoi penser de cette scène qui ressemble bien à Lise, c'est sans doute ce qu'ils pensent. Elle ne les voit pas. Seule la main de Stéphane existe à cet instant. Elle se concentre sur la chaleur des doigts entrelacés aux siens. Elle sent la force de cette main qu'elle agrippe et qu'elle ne lâchera pas. À l'intérieur y est pelotonnée sa vie. Lise a les yeux brillants. Quand elle les ferme, la lumière se diffuse en elle.

19 novembre 1979

La forêt de pins tapissée de bruyères et d'ajoncs répand son parfum de résine jusqu'au pied de la dune. Son père et sa mère attendent toute l'année de respirer cette odeur. Quand ils sont enfermés dans leur petit appartement à Paris, ils vont puiser en eux ces effluves de vacances, mélange d'iode et de sédiments qui ne crée ses alchimies que dans les Landes. Voilà près d'une heure qu'ils marchent entre les troncs grêles, sur le sol poudré de sable. Il est tôt. Sur le sentier qui mène à la plage, ils sont seuls. La végétation rase se clairsème sous leurs pieds. Quelques immortelles et des herbes sèches résistent. La dune leur fait face. Elle leur offre son flanc qui se ride sous les rafales du vent. À la moindre bourrasque, le monticule s'effrite, se casse, s'affaisse, mais il tient bon.

Après la longue marche sans pause – ses parents s'étonnent que Juliette ait marché si longtemps sans se plaindre ni de la fatigue ni du vent qui fait voler le sable dans les yeux – ils s'arrêtent avant d'entamer l'ascension. Le visage de son père, d'un naturel jovial, se referme. Il prévient : il faut monter d'une traite, ne pas s'arrêter, sinon l'effort pour repartir paraîtra insurmontable. Sa femme, mine crispée, prend son air de dire que c'est toujours pareil avec lui. Comme si elle n'avait pas déjà sa dose, voilà qu'il faut qu'elle escalade. La plupart du temps, les idées de son mari l'ennuient. Les visites de musées, les ateliers d'éveil pour la petite, les locations de vélo, mais elle respecte. Il faut le voir les inscrire à l'avance, imprimer les billets et les contremarques, les ranger bien comme il le faut dans le petit meuble de l'entrée pour être certain de ne pas les perdre. L'avantage, ça les occupe – et ils ont intérêt à ce que le programme soit serré, Juliette, il faut la nourrir, elle pose tellement de questions. « Pourquoi tu as dit ça ? Pourquoi ton sourire ceci, tes yeux cela, et le panneau là-bas ça veut dire quoi ? Hé oh, t'as rien entendu ou quoi ? Ça veut dire quoi j'ai dit ! » À 3 ans, que comprend-elle des consignes de son père : ne pas se précipiter, aller à son rythme, surtout, ne pas s'arrêter ? Elle écoute avec des trémoussements et des reniflements réguliers, symptômes d'un début de rhume, à moins que ce ne soit le froid qui mouille ses yeux et remplisse son nez. De loin, on voit trois silhouettes sombres gravir la dune. Trois petits soldats à la lutte contre le vent d'ouest. Il souffle si fort, il a balayé le ciel jusqu'à l'Espagne, dégagé toute la côte.

Arrivées à mi-parcours, les trois silhouettes se fondent en deux. Son père et sa mère se tiennent par la taille. Ils avancent d'un seul corps. Leurs bassins collés l'un à l'autre, leurs bras comme des lianes. La position n'est pas naturelle, ses parents diraient même, en sentant leurs membres s'endolorir des épaules jusqu'aux orteils, qu'elle est inconfortable, mais elle leur permet de mieux résister face au vent. Ils courbent le dos, penchent la tête, progressent avec la prudence des formations de centurions. Ils s'entraident autant qu'ils le peuvent. Son père surtout épaule sa femme, dont le ventre rond dépasse du manteau qu'elle ne peut plus fermer au septième mois de grossesse. Un temps, elle a voulu en acheter un plus grand pour passer l'hiver et ses dernières semaines – avec son ventre de plus en plus gros qui lui cache la moitié du corps, elle ne se voit même plus pisser, et si vous croyez que ça l'amuse – avant d'y renoncer. Cette colline qui la précède (c'est ainsi que l'appelle sa fille : « Maman, on dirait qu'elle a une colline sous son pull »), et que tout le monde peut voir entre ses boutons désormais impossibles à réunir, elle en est fière, même si parfois elle se plaint de sa vessie qui bout, de ses jambes en poteaux et du poids en avant qui lui casse les reins. Ce n'est pas ce qu'elle retient. Sa colline, elle l'aime parce que ça la rend femme. Les formes qu'elle lui procure, elle n'en revient pas. Cette paire de seins, elle pourrait nourrir toute une nichée avec. Pas question de la dissimuler ou de la perdre dans un vêtement trop grand. Elle a donc son manteau taille de guêpe, son ventre de facteur en avant et elle est à la peine. Ses mains glissent sur le vêtement de son mari. Leur pas est lent, synchronisé. Juliette court à leur côté. Légère. Une mouche dans la nuée. Le vent la grise. Elle slalome entre les jambes de ses parents, passe sous leurs bras qu'elle leur demande de réunir en arches : « Le petit pont, papa et maman, allez, le petit pont ! » La gamine réclame des jeux, de l'attention, elle hurle : Le petit pont ! Son père n'hésite pas. En règle générale, si sa fille lui demande quelque chose, il obtempère, feignant parfois, pour garantir son autorité, que ce n'est pas sa fille qui décide. On ne dit pas « Je veux », ni « Allez papa et maman », mais « S'il vous plaît, est-ce que vous pouvez faire le petit pont ? » Personne n'est dupe. Son père dit oui à tout ce que lui demande sa fille, qui l'enverra décrocher la lune à l'adolescence. La petite a marché si longtemps, son petit pont, elle l'a bien mérité, elle va l'avoir. Il lève une main vers le ciel, trouve celle de sa femme.

L'enfant se baisse pour passer sous la voûte de ses parents. La capuche rouge de son vêtement bringuebale derrière elle. Elle tressaute, s'affaisse d'un côté, puis l'autre. Sa mère sourit. Elle aime le dandinement de son enfant, ses bras mal coordonnés. Sa sauvagerie, son dépouillement. Sa liberté.

Juliette est prise dans la tempête. Elle se bat contre les pirates, empoigne sa dague, fond sur les coques des navires armés de canons. Elle tranche le cou des Gorgones, rit et s'épouvante de leurs cheveux de serpents. La dune est une montagne. La gravir, une épopée. La petite rit aux éclats. Sa gorge déployée s'emplit d'air et d'embruns. Ses cris se mélangent à ceux des mouettes. Déliés et verts, les oyats dansent dans le vent. Leurs tiges comme des cheveux. Des cheveux impossibles à peigner, des cheveux fous dans le vent. Ils se multiplient sur la dune en d'infinis bouquets. Les cheveux d'oyats, les cheveux de serpents, leurs cheveux à tous les trois. Ils valsent et s'entremêlent sur la dune. Son père aide sa mère. Il tient sa taille, la pousse. Il exerce sur son dos une pression continue.

À chaque enjambée, leurs chaussures s'alourdissent. Sa mère titube. Les derniers mètres lui paraissent insurmontables. Sa poitrine se soulève, sa bouche s'assèche. L'air s'infiltre dans sa gorge où passe un goût de sel mêlé de sang et de glaires qu'elle racle sans desserrer les dents.

Presque arrivés au sommet, tous trois s'arrêtent pour admirer une succession de deux blocs. Au premier plan, la plage immense qui s'étire de part en part. Au-dessus d'elle, l'océan qui la couronne. Il roule ses vagues, ses couleurs électriques, ses verts, ses jaunes vers la jetée du port plus au sud et contre le phare qui pointe dans le bleu parfait du ciel. Juliette réclame les bras de son père. Elle a vaincu les pirates, elle peut se reposer. Quelques minutes seulement. Elle va vite. Son corps va vite, son esprit l'accompagne. L'inclinaison de la dune l'invite à la cavalcade. Juliette quitte son promontoire, dévale la pente. Des cristaux de sel s'accrochent à sa peau. Ils forment des dessins invisibles sur sa joue. Quand elle passe la langue sur ses lèvres, elle goûte le sel sans savoir d'où il vient : de la mer, de l'air ou de sa sueur. À force d'humecter ses lèvres, elles sont sèches. Elle pince la bouche, continue de courir, s'éloigne de ses parents restés assis, désormais plus haut qu'elle.

Des crampes, des courbatures, des nausées, sept mois de grossesse et une matinée d'effort mettent le corps de sa mère en vrac, son humeur en foutoir. Sur le sable, elle étend ses jambes, délasse ses pieds, se renverse. Son manteau s'ouvre sur elle. Son mari la rejoint. Il pose une main sur le ventre, il le protège en même temps que l'enfant, quand un coup mat se produit. Un coup donné de l'intérieur. La main reste posée sur le ventre rond où ils sentent l'enfant, malgré le pull et les couches de vêtements que sa mère a enfilés pour se prémunir du froid. Ses parents se regardent, longtemps, aimantés dans une tendresse qui efface tout, la fatigue, le souffle en pointillé, le cœur en toupie. Ils se regardent, et ils ne regardent pas l'autre enfant. Juliette, seule, face au tourbillon de mer, d'écume et de ciel. Est-ce qu'ils l'oublient ? Ils ne pensent pas au danger. Quel danger ? Ils ne sont pas si loin, dans le pire des cas, en une foulée ou deux ils seront à sa hauteur. La petite écarte les bras en croix. Elle veut soulever la mer, détruire les citadelles et les remparts. Du haut de ses trois ans, elle le peut. Elle le crie. Elle court le long des vagues qui reviennent gonfler la houle régulière comme le souffle d'un animal au repos. Le vieux lion après la chasse. Juliette suit le mouvement. Les vagues approchent, elle recule. Les vagues reculent, elle s'approche.

Le soleil continue de monter. Il déverse sa lumière sur une part plus large de l'eau. Les rayons fondent ses plis. La mer poursuit son mouvement. Juliette le suit. Le mouvement est dans son corps, le mouvement est son corps quand soudain, sans fracas, une vague plus lourde se forme. Juliette ignore l'emballement. Ses parents ne la voient pas. La mer prend son élan. Le vieux lion bondit. Agile, il rase le sable. Ce n'est pas un mur d'eau auquel se cogne l'enfant, pas une déferlante dont la petite aurait pu s'effrayer de l'onde de force transformée en rouleau. La mer ne fait pas le gros dos. Elle ne crée pas ces arrondis et ces mugissements graves que l'on décrit dans les tempêtes. C'est une vague à peine plus longue que les autres qui surgit et rafle l'enfant. Une vague à la force tranquille d'épouvante. Elle étire sa force jusqu'aux chevilles de la fillette encerclée d'écume et de terre. Elle creuse le sable autour des chaussures, lui fait perdre pied. S'en rend-elle compte ? Sent-elle les paquets de sable monter le long de son pantalon, s'infiltrer dans ses vêtements, sa gorge ? A-t-elle conscience de la force d'aspiration qui l'emmène ? Juliette se renverse. Allongée dans un trou, son corps à plat dans la vague. Rien ne peut la retenir. Elle tend les mains, cherche une prise pour se sauver. Le grand vide de l'océan la brasse. Elle est bringuebalée, s'éloigne en moins de temps qu'il ne faut pour le dire à plusieurs mètres du bord. Un froid sépulcral la traverse. Il marbre sa peau, déforme son visage. Bientôt elle sera morte. Dans une minute, elle sera morte.

Juliette n'appelle pas au secours, ne crie pas. Elle préserve son étroit couloir d'air pour reprendre une dernière bouffée d'oxygène. Tous ses membres se contractent dans l'action désespérée de soulever le couvercle de la mer. Elle a beau faire, la barrière avec les vivants se brise. Il y a un instant, au moment d'être happée par la vague, elle n'a pas senti l'eau l'envahir, c'est arrivé si vite. À présent, son corps se vide, le fil se rompt et elle en a conscience. Engloutie par l'eau désordonnée, elle est une pelote que le courant ramasse et rembobine. Un bref instant, elle reparaît. Le visage du diable remue son œil à la surface. La capuche rouge se détache. Il aurait peut-être été temps. Il est trop tard. La mer l'avale. Inerte et froide. Juliette se noie, ses parents ne la voient pas.

Sa mère cherche la capuche, le petit point rouge. Elle tend l'oreille, guette les cris. Ce qui l'entoure a perdu de sa substance. Le trou noir. Aucune longueur d'onde. Elle comprend. L'aiguille de sa boussole trouve immédiatement son nord. Elle n'hésite pas. La plage nue, les appels des mouettes suspendus. Leur mélodie vide. Elle ne se ment pas. Elle ne se dit pas que Juliette a couru si loin qu'elle est cachée dans le bandeau blanc de l'horizon. Elle va se retourner et l'enfant sera là. Sa petite ne reviendra pas. Elle le sait. En une fraction de seconde, sa vie bascule. Elle se meut en une autre vie. Elle n'en ressortira pas. Elle ferme les paupières, ça tangue. Ses dents claquent. Elle rouvre les yeux. Elle fixe un point au-delà de la mer. Juliette la regarde, lui sourit. Mais ce n'est pas vrai. Hier encore, ils venaient à la plage, Juliette prenait sa mère par la main et lui faisait promettre : « On reviendra demain, maman, hein ? On reviendra demain ? » Après ça, comment imaginer demain ? Demain est une douleur, une pierre d'albâtre dans la poitrine. Une autre réalité s'est faite, la vie s'est distordue. Ses parents plongent en pleine nuit. La vérité fond sur eux. Ils courent sur la plage. La mort sous les yeux, la vie dans le ventre et Juliette quelque part. Où est-elle ? Sa mère elle-même ne sait plus où elle se trouve. À cet instant, elle ne sait plus rien. Elle ne sait plus qu'elle est une femme enceinte de sept mois qui court sur la plage, son mari à ses côtés. Le buste en avant, les yeux en dedans, il ressent sur les épaules un poids qui l'accable, celui de l'enfant. Il le sent. Ça ne se peut pas que l'enfant ne soit plus. Son empreinte est là, sur le corps. Il court et il reçoit des coups de poing en pleine figure, sur le torse, dans le dos. On l'assomme, il faudrait se jeter à l'eau pour récupérer Juliette. Récupérer un corps qu'il pourrait masser, ranimer. Un corps sur lequel il pourrait poser un masque relié à des capteurs, une machine qui le soulèverait. Ça existe, mais il faut faire vite. Où est le corps ? Le temps s'organise en désordre. Ses parents vont le comprendre au moment de chercher de l'aide, expliquer ce qui s'est passé. Ça va se cogner dans leur tête. Ils ne pourront pas articuler, les mots vont sortir en désordre, devenir fous, ses parents aussi. Ils le sont déjà. Ils courent le long des vagues en proie à des hallucinations. Ils voient Juliette, le petit rouge enfoui dans l'horizon, elle les appelle, sa voix aiguë, forte, l'inflexion de ses ordres : « Le petit pont, papa et maman, allez, le petit pont ! »

Au poste de secours, sa mère hurle des explications à une femme qui répète : « Madame, s'il vous plaît, calmez-vous ». Entre deux vociférations : « Madame, est-ce que l'enfant respire ? » On ne comprend donc rien de leur drame ? Les pompiers arrivent enfin. La minute d'avant, ses parents étaient seuls à recevoir leur balle dans le cœur – s'ils ne l'avaient pas été, les aurait-on avertis que leur fille s'approchait dangereusement de l'eau, la mer n'avait pas l'air si mauvaise mais elle pouvait à tout instant reprendre son souffle pour voler l'enfant ? Leur aurait-on évité la catastrophe ? Ils étaient donc seuls, voilà qu'ils sont dix, vingt peut-être. Tout à coup, on les entoure, des hommes surtout. Ses parents sont enfermés dans la muraille de leurs épaules. Ils regardent sans espoir le matériel. Des masques, des bombonnes d'oxygène, des couvertures de survie dorées comme du papier cadeau. Sa mère pense à ça en voyant le papier luire au soleil. La couverture ressemble à du papier pour Noël. L'idée la traverse, et elle s'en veut d'avoir cette image en tête, même une seconde. La fête, comment peut-elle y penser ? Ses repères se déchirent. La civière reste vide. Ils ne ramèneront pas de corps. Il n'y aura pas d'autopsie, pas de tombe, pas d'endroit à fleurir, entretenir, visiter, nulle part où se recueillir. Pas de preuve pour tous de l'existence de leur fille, une date de début et de fin pour le symbole, pour la forme, gravée dans la pierre. Non, rien. Ses parents n'auront que l'acte de décès et le livret de famille pour s'y résoudre, se persuader que tout cette folie, ce monticule d'horreur a bien eu lieu, ils ne l'ont pas inventé, il n'est pas le fruit d'un cauchemar dont ils vont se réveiller. À quoi servira la civière ? À la ramener, elle, sa mère, tout à l'heure quand il faudra partir – mais quand quitteront-ils la plage ? Quand y consentiront-ils ? Ils vont mourir-là. Repartir à deux plutôt qu'à trois. Cela ne se conçoit pas. Ni dans une heure ni dans un jour. Une semaine, dix ans. Pourtant, tout à l'heure, sans savoir quand exactement, ils quitteront la plage et verront les empreintes de leur fille, la trace de sa vie dans le sable qui s'efface, alors là, seulement là, ils comprendront, et il faudra admettre que rien ne reviendra comme avant, reconnaître que l'on a failli, détourné le regard, lâché le bras, vivre avec ça – comment vivre avec ça ? Dans un temps accepté comme étant tout à l'heure, ils remonteront la dune à côté des pas de leur fille, mais leur fille ne sera plus là pour attraper le sable par poignées, le jeter en l'air, le sable entre ses doigts, ses doigts plus chers que toutes les vies, sa mère voudrait donner la sienne pour sauver son enfant. Tout à l'heure, sans savoir quand, à leur tour, ils plongeront, ils se noieront. Ils se diront que c'est la fin. La fin d'un monde.

Son père et sa mère tombent sur le sable. Démolis. Ils hurlent. Ça jaillit de leur gorge, de leurs entrailles, de leurs veines, de leurs yeux. Leur corps bascule en avant, une main les prend par les épaules, on les éloigne du rivage. Pour la première fois depuis que Juliette a disparu, ses parents tournent le dos à la mer, ils font leurs premiers pas dans la direction opposée à leur fille. Juliette s'éloigne au large, ses parents reviennent vers la dune. On leur pose une couverture sur les épaules, une vraie, pas celle de la fête qui n'existera plus. Ce tissu censé les protéger les condamne, cette main censée les apaiser les étrangle. Juliette ne reviendra pas, ni vivante, ni morte. C'est une deuxième lame qui s'enfonce dans la plaie. Elle creuse le trou béant.

Dans le ciel, le soleil a atteint son point le plus haut. Ses parents ont froid. Leurs lèvres tremblent. Des frissons descendent au fond de leur gorge. Ils s'étendent à leur chair, en dessinent les nouveaux contours. Un nouveau corps. Quelque chose qui va devenir eux. Un point rouge apparaît sur le rivage. Il passe plus d'images dans la tête de sa mère qu'il n'en existe sur terre. Elle court. Le manteau est vide. La mer leur a laissé ça, un vêtement lourd, trempé. Sa mère le presse contre sa joue, plonge la tête dans la capuche. Elle s'emplit de Juliette, des dernières particules palpables de son corps. Elle hurle. Ses sanglots la brûlent. Son visage est inondé de l'eau qui ruisselle du vêtement, des larmes qui rongent sa peau.

Au septième mois de grossesse, le bébé entend les bruits de l'extérieur. La musique, les voix. Les cris. Ils passent dans le liquide, infiltrent les membranes. Le bébé naîtra avec. Il portera le masque de ceux qui savent. Lui n'en saura rien.

Une autre vie commence.

CET OUVRAGE A ÉTÉ COMPOSÉ PAR PCA
POUR LE COMPTE DES ÉDITIONS J.-C. LATTÈS
17, RUE JACOB, 75006 PARIS
ET ACHEVÉ D'IMPRIMER PAR
CPI BRODARD ET TAUPIN (72000 LA FLÈCHE)
EN MARS 2021

PAPIER À BASE DE
FIBRES CERTIFIÉES

JC Lattès s'engage pour
l'environnement en réduisant
l'empreinte carbone de ses livres.
Celle de cet exemplaire est de :
400 g éq. CO_2
Rendez-vous sur
www.jclattes-durable.fr

N° d'édition : 01 – N° d'impression : 3042427
Dépôt légal : avril 2021
Imprimé en France